KB089345

이 책에는 Mapo꽃섬, 윤고딕310, a엄마의편지B, 윤명조340 글씨체를 사용하였습니다.

글 쓰는 제주

- 작가는 어떻게 여행하는가

서 하 늘
방랑 에세이

들어가는 말

　

- 말하기에는 분명 '솜씨'라는 것이 작용한다.[1]

글쓰기에도 솜씨가 필요하다. 나는 글을 꽤 잘 쓴다. 깔끔하고 정확하다는 것이 내 글의 강점이다. 군더더기 없이 간결한 문장으로 핵심을 전달할 줄 안다. 글쓰기를 제대로 배운 적은 없다. 책을 많이 읽어 정확한 문장에 익숙할 뿐이다. 나는 그저 '고급 독자'가 되기를 꿈꿨을 뿐, 글 쓰는 사람이 되리라고는 예상하지 않았다. 하지만 흘러가는 삶이 내 정체성을 바꿨다.

1　김하나 산문, 〈말하기를 말하기〉, 콜라주, 2020. 7쪽

이것은 2020년 여름에 시작한 방랑의 기록이다. '글 쓰는 재주' 하나만 믿고 시작한 '글 쓰는 제주'[1] 여행이다. 코로나 시국에 조심스럽기는 하지만 다른 방법이 없었다.[2] 아파트를 포기하고 돌려받은 약간의 돈만 쥐고 두려움 속에 길을 나섰다. 돌아갈 곳이 없는 사람의 여행은 결코 즐거울 수 없다. 매일 막막하고 불안했지만 주저앉아 울지 않으려 애썼다.

떠나보니 알게 됐다. 내가 얼마나 좁은 세계 속에서 살아왔는지. 내 경험과 생각이 얼마나 얕고 빈곤한지. 그래서 매일 읽고 썼다. 여행하는 동안에도 책을 놓지 않았다. 빠르게 책을 한 권 냈고 작가라고 불리기 시작했다. 그렇다고 새로운 세계가 열린 것은 아니다. 벽처럼 보이는 문을 두드리고 있다.

아직 늦지 않았다. 이제부터라도 내 세계를 확장하고 싶다. 이 세상 안에서 확실한 나의 자리를 갖고 싶다. 글 쓰는 사람으로 살아가기 위한 첫 여행의 기록을 책으로 펴낸다.

---

1 원래 제목은 〈작가의 여행〉이었으나 여행 중에 만난 사람의 제안으로 〈글 쓰는 제주〉라고 바꿨다.

2 취업은 계속 실패하고, 모아 둔 돈은 주식으로 전부 날렸다. 자세한 사연은 〈마음난리〉(2020)에 써 두었다.

목차

출발

전염병이 돌고 있다. 세상의 문이 닫혔다. 나는 집을 잃었다. 대전을 떠나야 한다. 겨울까지 입을 옷을 챙겨 제주도로 간다. 옷과 신발뿐인데도 짐이 많다. 내가 가진 전부인 이것들을 어딜 가든 끌고 다녀야 한다.

텅 빈 집을 떠나려는데 비가 온다. 노트북을 메고 캐리어 두 개를 끌면서 우산을 쓰는 건 무리다. 땀과 비로 옷이 젖는다. 이것은 여행이 아니다. 어리석은 나에게 내리는 형벌이다.

돌아갈 곳은 없다. 기약 없는 방랑이다. 돈이 떨어지면 이 짓도 끝이다. 방법을 찾아야 한다. 몸을 굴리는 대신 글을 쓰기로 선택했다. 새로운 문이 열릴 때까지 벽을 두드린다. 다른 방법이 없다.

이제야 살고 싶은 마음이 생겼는데 살길이 안 보인다. 그렇다고 이대로 죽을 수는 없다. 잃어버린 것들을 되찾고 싶다. 길이 끝나는 곳에서 길은 다시 시작된다. 그래야만 한다.

공항풍경

유성에서 버스를 타고 청주공항에 내렸다. 로비에 들어서자 누군가 이렇게 말한다. "공항에 왜 이렇게 사람이 많아? 팔자들 좋네~ 이 시국에 놀러나 다니고!" 그럼 그쪽은 공항에 왜 오셨나요, 물어보고 싶다.

큰 가방은 15kg, 작은 가방은 10kg 밑으로 맞춰야 돈을 더 내지 않는다. 이리저리 짐을 옮기며 저울에 몇 번을 달아본다. 공항 밥은 비싸고 맛없어 보인다. 편의점에서 물만 한 병 사서 나왔는데 화장실 옆에 정수기가 있었다. 생돈 날렸다.

공항에서는 기다리는 게 일이다. 충전기를 꽂고 벽에 머리를 기대고 앉아 멍하게 시간을 죽인다. 아이폰은 충전하면서 동시에 음악을 들을 수 없다. 에어팟을 사고 싶어도 지금은 한 푼이 아쉽다. 다이소의 5천 원짜리 이어폰이 최선이다.

캐리어와 사람들 사이로 청소 카트가 지나간다. 이 넓은 공항을 사람이 밀대로 닦으려면 허리가 엄청 아플 거다. 기술이 사람을 구원하는 현장이다. 하지만 카트에 앉아 핸들만 돌리는 일을 청소라고 부르기에는 어쩐지 어색하다. 저분은 일하면서 무슨 생각을 할까. 묻고 싶지만 참았다.

방역에도 애쓰는 것 같다. 구석구석 소독약을 뿌리고 손걸레로 의자를 닦는다. 마스크와 손 소독제는 필수다. 코로나는 노동과 여행의 풍경을 바꾸고 있다. 이 싸움은 언제 끝날까. 돌아갈 곳도 없는 나는 언제까지 도망칠 수 있을까. 굶어 죽어도 안 되고 병에 걸려도 안 된다. 나에게 행운이 있기를.

낯선 사람들

○ 숙소 : 이호웨이브 게스트하우스 (제주시 / 이호테우 해변)
○ 일정 : 2020. 07. 24~25 (1박)
○ 가본 곳 : 이호테우 해수욕장, 주비카페, 카페라능

제주에 도착했다. 일단 서쪽으로 방향을 잡았다. 파티 없는 조용한 게스트하우스를 여럿 찾아 두었다. 첫 숙소는 이호테우 해변이다. 인스타그램에서 고양이 사진을 보고 반해서 이리로 정했다.

캐리어 두 개를 들고 버스에서 내렸다. 5분 정도 걸어서 숙소에 도착했다. 스텝이 내 이름을 듣더니 크게 당황한다. 문자로 예약했더니 이름만 보고 나를 여자방에 넣어놓은 모양이다. 여자인 줄 알았는데 덩치 큰 아저씨가 나타나니 놀랄 만도 하다.

사장에게 전화가 온다. '함자'만 듣고 실수했다고 거듭 사과를 한다. 숙소 안쪽에 있는 자신의 방을 쓰는 게 어떻겠냐고 했다. 안내를 받아 사장 방에 갔다. 누군가 쓰던 방에 짐을 풀려고 하니 썩 내키지 않았다. 잠시 후 다시 전화가 왔다. 다른 남자 손님들을 한쪽으로 몰고 나에게 4인실을 혼자 쓰게 해주겠다고 한다. 나로서는 좋다. 그렇게 하기로 했다.

2층에 사는 고양이들은 예쁘고 귀여웠다. 갓 태어난 새끼가 6마리나 있었다. 엉덩이를 깔고 앉아 한참을 쓰다듬고 놀았다. '개냥이'는 아니지만 만지는 동안 도망가지 않고 얌전히 있어 준 것만으로도 고마웠다. 사진을 엄청 많이 찍었다. 집을 떠나 쓸쓸했던 마음에 큰 위로가 되었다.

근처에서 저녁을 간단하게 먹고 들어왔다. 설핏 잠이 들었는데 문을 두드리는 소리에 깼다. 밤 9시였다. 사람들이 사 온 음식으로 식사를 하려고 하니 나와서 같이 먹자고 했다. 나는 준비한게 없어 술과 안주를 조금씩 얻어먹었다. 민망하고 어색했다.

젊은 사장이 손님들의 나이와 직업을 묻고 개그를 던지며 대화를 주도한다. 그는 20대 중반이란다. 그래서 나에게 그렇게 조심스럽고 깍듯했구나. 손님들은 대부분 20대 초반이다. 방학이라 놀러 온 학생들이 많다. 여기에 일주일째 머무르는 손님도 있다. 다른 게스트하우스에서 스텝을 하며 '한 달 살기'를 한다는 친구도 있다.

나는 조용히 듣는다. 나에게도 가끔 시선이 오지만 젊은이들의 '텐션'을 맞추기가 힘들다. 신나게 떠드는 그들 틈에서 약간의 소외감을 느낀다. 지역과 직업을 묻는 가벼운 질문에도 답하기가 쉽지 않다. 어딘가에서 왔지만 돌아갈 집이 없고, 글을 쓰러 왔으나 작가는 아닌 상황을 설명하기 어렵다. 우물쭈물하는 나를 보고 사람들은 고개를 갸웃거린다. 앞으로 새로운 사람을 만나면 자주 겪게 될 일이다.

내가 먹은 것만 치우고 조용히 방으로 들어온다. 저들의 즐거움을 방해하고 싶지 않다. 여행과 휴식을 즐기는 사람들에게 당혹감을 주는 것은 예의가 아니다. 그렇게 또다시 혼자가 된다. '제주도의 푸른 밤'은 외롭고 슬프다. 내가 여기서 뭘 하고 있는지 모르겠다. 이 어색함에 익숙해질 수 있을까. 익숙한 자기연민을 끌어안고 잠이 든다.

이호테우 해변

계획보다 하루 빨리 내려왔던 터라 1박만 하고 숙소를 옮긴다. 곽지 해수욕장 근처 숙소에 14박을 예약해 두었다. 체크아웃과 체크인 사이에는 시간이 뜬다. 다음 숙소에 들어갈 수 있을 때까지 시간을 보내야 한다. 이호테우 해변은 공항과 가까워서 5분마다 비행기 소리가 들린다. 괴로울 정도는 아니지만 무시할 수도 없는 소음이다. 이곳에 사는 사람들에게는 자동차처럼 일상적인 소리겠지. 뜨고 지는 비행기를 바라보며 감상에 빠지는 사람은 여행자뿐이다.

공항 근처의 공기에서는 들뜸과 가라앉음이 동시에 느껴진다. 막 여행을 온 사람들의 설렘과 일상으로 돌아가야 하는 사람들의 아쉬움이 뒤섞여서 그렇다. 사람들은 묻지도 않은 말을 떠든다. 어디서 왔는지, 무슨 일을 하는지, 며칠이나 있을 예정인지, 자신이 이번 여행을 오기 위해 얼마나 고생했는지, 이 여행을 얼마나 기대하고 왔는지. 이제 어디로 돌아가는지, 언제 또 오게 될지 쉴새없이 말한다. 매일 들고 나는 사람들을 바라보는 공항 직원이나 숙소 주인은 어떤 기분일까. 얼굴만 바뀔 뿐인 사람들이 날마다 떠드는 똑같은 얘기를 들으며 맞장구쳐주는 것도 어마어마한 감정노동이다.

사람들은 여행을 아주 특별한 일이라고 생각한다. 자신의 여행만은 매 순간 즐겁고 행복해야 한다고 생각한다. ("내가 여기에 어떻게 왔는데!") 일정이 어긋나거나 애써 고른 맛집 혹은 풍경이 마음에 들지 않으면 이번 여행은 실패라며 실망하고 우울해한다.

하지만 김영하가 말했듯 작가의 여행은 너무 성공적이어서는 안된다.[1] 맛집이 맛있고, 풍경이 멋지고, 잠자리가 편하고, 만나는 사람마다 좋으면 글이 안 나온다. 여행에서마저 실패하고 어긋나고 좌절하고 분노해야 쓸 거리가 생긴다.

나는 여행이 특별한 일이라고 생각해본 적이 없다. 어딜 가나 여행의 낭만보다 일상의 고단함을 먼저 느끼기 때문이다. 여행자의 들뜬 표정이나 아름다운 풍경보다 그곳을 묵묵히 지키는 사람들이 먼저 보인다. 거리를 쓸고 닦고 주문을 받고 음식을 나르는 노동자를 본다. 여행자는 즐기고 돌아가겠지만, 그 흔적을 치우고 새로운 손님을 맞이하는 것은 그곳에 붙박여 사는 사람들의 몫이다.

여행은 짧고 일상은 길다. 나는 돌아갈 기약 없는 이 여행에서 얼마나 많은 실패와 좌절을 겪게 될까. 애초에 외국을 좋아하지도 않지만 코로나 때문에 갈 수도 없다. 비교적 안전하고 평화로운 제주도 여행이겠지만 그래도 이런저런 쓸 거리가 많이 생겼으면 좋겠다.

---

1 "작가의 여행에 치밀한 계획은 필요하지 않을지도 모른다. 여행이 너무 순조로우면 나중에 쓸 게 없기 때문이다. 대부분의 여행기는 작가가 겪는 이런저런 실패담으로 구성되어 있다." (김영하 지음, 〈여행의 이유〉, 문학동네, 2019. 16~18쪽)

<u>낯선 잠자리</u>

○ 숙소 : 제주좋은날 게스트하우스 (애월읍 / 곽지 해수욕장)
○ 일정 : 2020. 07. 25 ~ 08. 07 (14박)
○ 가본 곳 : 곽지 해수욕장
 ― 카페 : 드라마2015, 투썸플레이스, 말로나, 보나바시움
 ― 빵집 : 돌코롬맛존디, 하우스레시피, 랜디스도넛
 ― 식당 : 카페태희, 몬스터살롱, 곽지국시, 돌담길괴기집

곽지 해수욕장 근처에 있는 두 번째 숙소로 왔다. 낡은 시골 농가를 리모델링한 모양이다. 첫인상은 푸근하고 편안하다. 화산 송이가 깔린 안마당에 넓은 평상이 놓여 있다. 누워서 맥주 한 캔 하면서 음악을 들으면 딱 좋겠다.

4인실을 안내받았다. 좁은 방에 2층 침대가 두 개 놓여 있다. 1층에 자리를 잡았는데 위가 너무 낮아 허리를 펴고 앉을 수도 없다. 침대는 딱딱하고 탄력이 없다. 여기서 14박을 자야 하는데 걱정이다. 푹신하면서도 탱탱했던 퀸사이즈 침대가 그립다.[1] 한때는 내 것이었으나 이제는 아닌 것들이 많다. 아쉬워하고 후회해봤자 소용없다. 이미 나는 이곳에 있다. 돌아갈 수 없다. 1박에 2만 원, 불편한 2층 침대에서 자게 된 현실을 받아들여야 한다.

저녁이 되자 4인실이 다 찼다. 옆 침대의 1층에는 서울에서 휴가차 낚시를 하러 왔다는 남자가 잔다. 2층에는 키가 크고 비쩍 마른 외국인이 자리를 잡았다. 내 위에는 비싸 보이는 카메라를 든 대학생이 있다. 저마다 자신의 목적과 이유가 있다. 나도 내 할 일이 있다. 여기저기 걷고 보고 사람들의 이야기를 들으며 쓸 거리를 찾아내야지. 매일 조금씩 뭐라도 해야지. 새로운 시도를 해야 성공이든 실패든 할 이야기가 생길 테니까.

---

1 대전에 집이 생기자마자 가장 먼저 들여놓았던 가구가 퀸사이즈 침대다. 메이커 가구는 아니었지만 나름 큰돈을 들여 고급 매트리스를 샀다. 친구들은 의도가 뭐냐며 웃었지만, 나는 그저 혼자서 뒹굴 수 있는 넓은 침대가 갖고 싶었을 뿐이다. 안타깝게도 3년 넘게 그 침대에는 나 말고 아무도 눕지 않았다. 혹시 손님을 초대할까 봐 샀던 분홍색 슬리퍼는 포장도 뜯지 않고 버렸다. 슬픈 기억이다. 그래도 4년 넘게 혼자서 잘 뒹굴었으니 본전은 뽑았다.

새벽 두 시, 허리가 아파 잠에서 깼다. 조금이라도 푹신하게 만들어보려 덮는 이불을 접어 반은 깔고 반은 덮는다. 낯선 남자들의 코 고는 소리가 요란하다. 나도 질 수 없어 방귀를 날린다. 자는 모습도 제각각이다. 옆 사람은 이불을 돌돌 말고 널브러져 있다. 대각선 위의 외국인은 기도하는 것처럼 엎드려서 다리를 쭉 뻗고 잔다. 내 위를 보려다가 머리를 박았다. 귀마개를 끼고 다시 잠을 청한다.

곽지 해수욕장

6시 반. 일찍 일어났다. 아직 잠자리가 낯설다. 간단하게 씻고 공용 공간에 앉아 책을 읽는다. 이 게스트하우스에는 책이 많다. 그래서 여기를 첫 장기 숙소로 잡았다. 오기 전에 주인에게 부탁해 책장 사진을 미리 받아 보기까지 했다. 오자마자 책장 앞에 퍼질러 앉아 읽고 싶은 책을 열 권 넘게 골라두었다. 떠날 때까지 최대한 많이 읽어야겠다.

7시가 되자 거실과 면한 부엌에서 '쿠쿠'가 밥을 짓기 시작한다. 주인이 아침마다 참치주먹밥을 만들어준다. 이 주먹밥을 먹기 위해 이곳을 찾는 사람도 많다고 한다. 8시, "쿠쿠가 맛있는 백미밥을 완성하였습니다!" 라는 인사와 함께 구수한 밥 냄새가 흘러나온다. 8시 반이 되자 주인이 부엌으로 건너온다. 대야에 밥을 푸고 간을 한다. 참치를 듬뿍 넣어 주걱으로 잘 비비고 섞는다. 손을 후후 불며 뜨거운 밥을 둥글게 뭉친다. 두 손으로 꼭꼭 눌러 단단하게 만든다. 마지막으로 김 가루에 굴리면 참치주먹밥 완성이다. 밑반찬으로는 비엔나소시지와 단무지를 곁들여 동그란 나무접시에 담아서 낸다.

9시, 손님들이 나와 식사를 한다. 원래는 기다란 식탁에 주르르 앉아 먹는데, 코로나 걱정으로 야외와 실내로 나눠 띄엄띄엄 앉기로 했다. 주먹밥은 아주 맛있다. 14일 동안 매일 먹어도 질리지 않을 것 같다. 주먹보다 큰 주먹밥 두 개로 든든하게 하루를 시작한다. 해수욕장이 가까우니까 경치 좋은 카페에 가서 글을 써야겠다.

10시에 숙소에서 나왔다. 15분 정도 걸어 해변의 카페에 앉았다. 3층까지 있는 큰 건물이다. 커피와 빵을 같이 파는데 가격이 비싸다. 커피 한 잔에 6천 원, 빵은 한 개에 4~5천 원이다. 다행히 모닝 세트로 아이스 아메리카노와 크루아상 하나를 합쳐 6,500원에 판다. 방금 주먹밥 두 개를 먹고 나왔지만 어쩔 수 없이 빵을 또 입에 문다. 합리적인 인간이라면 당연히 그럴 수밖에 없다.

2층 창가에 앉았다. 폴딩도어 창문을 모두 여니 바닷바람이 그대로 들어온다. 투명한 연녹색 바다 위로 새파란 하늘이 펼쳐져 있다. 해수욕장엔 벌써 파라솔을 펴고 물놀이를 하는 사람들이 있다. 요란한 소리를 내며 하얀 물길을 만드는 사람도 있다. 예전에는 모터보트에 줄을 달아 웨이크보드를 탔던 것 같은데 어느새 전동 서핑보드가 나왔나 보다. 꽤 멀리까지 직진으로 나갔다가 이리저리 곡선을 그리며 돌아온다. 재미있어 보인다.

멋진 풍경을 보면 영감이 떠오른다는 건 거짓말이다. 가만히 바다를 보고 있으니 생각이 없어진다. '물멍'을 하다 보니 어느새 30분이 지났다. 정신 차리고 글을 써 보려 했는데 창가는 햇빛이 밝아 모니터가 안 보인다. 기다란 3인용 소파가 있는 안쪽으로 자리를 옮겼다. 단체석이지만 사람이 없어서 내가 독차지했다. 슬리퍼를 벗고 소파에 올라앉아 다리를 뻗고 반쯤 누웠다. 책을 두 페이지쯤 읽다가 졸기 시작했다.

깔깔대는 웃음소리에 잠에서 깼다. 몇 초간 정신이 멍하다.

아, 여기 제주도지. 슬며시 웃음이 나온다. 월요일 아침에 바닷가의 전망 좋은 카페에 앉아 졸고 있다니. 새삼 즐겁다. 집도 직장도 없는 내 신세를 잠깐 잊는다. 지금 여기서 즐거우면 됐다.

날 깨운 것은 아까 내가 앉았던 창가 자리에 들어찬 한 무리의 여자들이다. 여자들은 참 열심히 사진을 찍는다. 이리저리 각도를 바꾸며 셀카를 찍다가 삼각대를 놓고 다 같이 포즈를 취한다. 그 광경을 보며 글을 쓰려니 어색하다. 그들 중 아무도 나한테 관심 없겠지만 관심을 받고 싶다.

이른 아침 카페에는 여성 노동자 한 명이 일한다. 밀려드는 주문을 받고 음료를 만들어내느라 바쁘다. 해수욕장에는 나이 든 남성 노동자들이 돌담과 벤치를 정비하고 있다. 어디를 가든 자신의 자리에서 묵묵히 일하는 사람들이 보인다. 내 자리는 어디일까. 내 글은 다른 사람들에게 어떤 도움을 줄 수 있을까. 글 쓰는 사람으로 사는 길은 어디에 있을까. 풍경으로 들어가서 찾아봐야겠다. 다시, 걸어야겠다.

가족의 여행

해수욕장에는 가족 단위의 피서객이 많다. 쉬러 왔어도 결코 마음 편히 쉴 수 없는 게 가족여행이다. 한여름의 더위는 인내심을 증발시킨다. 일정에 맞춰 짐을 챙겨 움직이고, 아이들의 안전과 기분을 살피고, 뭉텅뭉텅 사라지는 돈을 생각하는 동시에 서로의 감정을 배려하기란 어려운 일이다.

나도 어릴 때 제주도에 왔었다. 중학생 때였던 것 같은데, 용두암을 보고 '저게 무슨 용머리야.' 라고 생각했던 기억이 난다. 사진 한 장 남아 있지 않은 그 '가족여행'이 어땠을지 짐작이 간다. 2박 3일의 짧은 휴가였는데, 첫째 날부터 대판 싸우고 비행기 표를 바꿔 다음날 돌아왔던 것 같다.[1] 비행기에서 같이 앉지도 않았을 거다. 나는 엄마 옆에, 누나는 아빠 옆에 앉았겠지. 저마다 속으로 '내가 다시는 이것들이랑 어디 놀러 가나 봐라!' 씩씩거리면서 말이다.

그 후로 나는 누구와 함께 여행을 가본 적이 없다. 동아리 MT나 친구들 혹은 여자친구와 1박 2일로 술 마시러 간 것 말고, 길게 계획을 잡아 '여행'을 가본 경험이 없다는 뜻이다.[2] 회사를 다

---

[1] 아빠는 근엄한 가장의 흉내를 내고 싶어 하지만 욱하는 성질과 폭력적인 성미를 억누르지 못한다. 엄마는 아빠가 하는 모든 일을 싫어하고 매사에 불평과 잔소리가 많다. 누나는 냉소적이라 새된 소리로 비꼬기를 잘한다. 나는 무관심한 방관자의 역할을 맡았다. 환상적인 가족이다. 그 여행이 어땠겠는가. 민박집에서 유혈 사태가 벌어지지 않은 것만 해도 다행이다. 여행 와서 싸우는 게 쪽팔리는 일인 줄은 알았나 보다.

[2] 학생운동을 하며 여기저기 많이 다니기는 했다. 광주는 매년 5.18 시즌마다 단체로 갔으니까. 한 번은 대학생 합창단 공연을 하고 전남대 교정에서 술을 마시다 학생회관 바닥에 돗자리를 깔고 잤다. 부산 희망버스 투쟁에도 연대하러 갔다가 전경한테 맞아 손가락이 부러졌다. 제주 강정마을에 연대 투쟁 갔다가 경찰에 연행되어 유치장에 들어가기도 했다.

녀 돈도 있고 시간도 있는데 같이 갈 사람이 없었다. 매년 여름 휴가는 혼자 보냈다. 속초-양양-강릉을 일주일 동안 돌아봤고, 여수, 통영, 부산은 여러 번 갔다.

2017년, 서른이 되어 처음으로 외국을 갔다. 독일의 프랑크푸르트-뉘른베르크-뮌헨-슈투트가르트를 9박 10일간 혼자 다녔다. 누구와 같이 갈 생각도, 동행을 구할 생각도 하지 않았다. 혼자 외국에 왔다는 해방감도 잠시, 나는 점차 주눅이 들어 아무것도 할 수 없었다. 맥도날드와 마트만 찾아다녔고 해가 지면 호텔에 들어와 얌전히 잠만 잤다. 보고 듣고 느끼고 생각한 것들을 같은 언어로 나눌 사람이 없다는 것은 지독히 외로운 경험이었다.

제주도를 돌아다니고 있는 지금도 나는 혼자다. 당연히 혼자일 수밖에 없다. 사람들은 시간을 내서 휴가를 오는 곳을 나는 돌아갈 기약도 없이 떠돌고 있으니까. 혼자라서 편하기는 하다. 뭐든지 마음 내키는 대로 할 수 있으니까. 하지만 나는 이 자유가 부담스럽다. 성가셔도 좋으니 제발 누구에게든 영향을 받고 구속받아 봤으면 좋겠다. 지치더라도 서로를 충분히 배려한다면 즐거운 여행이 되지 않을까.

함께 하는 즐거움이란 무엇일까. 나는 언제 그것을 느껴볼 수 있을까. 혼자 시작한 이 여행의 끝에 누군가가 함께 있다면 좋겠다. '내 사람'이라고 부를 수 있는 애틋한 이와 함께 진짜 여행을 가보고 싶다. 서로의 의사와 기분을 묻고 배려하며 함께 만족할 수 있는 시간을 만드는 경험을 해보고 싶다.

날짜 감각

제주도로 온 지 벌써 5일이 지났다. 점점 요일과 날짜에 대한 감각이 없어진다. 평일과 주말의 구분도 없다. 많은 이들이 휴가를 오는 곳에서 나는 먹고 살 길을 찾기 위해 일을 한다. 여행을 마치고 일상으로 돌아간 이들이 불편한 마음으로 출근을 준비할 월요일 아침, 나는 부은 얼굴로 해변의 카페에 앉아 글을 쓴다.

나는 여행자인가, 작가인가. 정체성은 헷갈려도 다음 숙소를 구하는 것은 잊으면 안 된다. 모든 것이 불확실하고 불투명한 상황에서 돌발변수는 하나라도 줄여야 불안이 덜하다. 무계획 속의 계획, 자유 속의 루틴을 세워야 한다. 그렇게 해야 무언가를 만들어낼 수 있다.

언제 끝날지 모르는 이 여행은 나를 어디로 데려갈까. 조급할 필요는 없다. 시간이 많으니까. 지켜야 할 계획도, 짜놓은 일정도 없다. 돌아갈 곳은 없지만 어디든 갈 수 있다. 조용하고 책이 많은 숙소를 여러 군데 찾아 두었다. 얼마나 걸릴지 모르지만 일단 제주도를 크게 한바퀴 돌아보자. 때로는 짧고 때로는 길게, 리듬감 있게 움직여 보자. 짐을 싸고 다시 떠날 준비를 할 때 여행의 감각이 깨어날테니까.

아침이 되니 동네 개들도 집에서 나와 기지개를 켠다. 새끼 고양이들은 아침부터 나비를 좇아 폴짝폴짝 뛰어다닌다. 게스트하우스에는 날마다 다양한 사람들이 오고 간다. 오면 오는 대로, 가면 가는 대로 내버려 둔다. 신경 쓸 필요 없다. 지금은 나만 생각하자. 새로운 하루가 시작했다. 오늘도 살아보자. 뭐라도 해보자.

충전

대전에서 정리한 아파트 보증금이 들어왔다. 통장에 찍히는 잔액이 많이 늘어났다. 비슷한 조건의 집을 새로 구할 수는 없어도 한동안 여행하기에는 충분한 돈이다. 이제 내가 가진 건 내 몸과 이 돈뿐이다. 여기에서 다시 시작해야 한다. 일 년 전만 해도 나는 이것의 세 배 가까운 돈을 가지고 있었다.[1] 후회해도 소용없다. 시간은 되돌릴 수 없고 사라진 돈은 돌아오지 않는다. 내가 저지른 실수고 내가 자초한 실패다.

나는 줄곧 돈을 HP에 비유해 왔다. 게임 캐릭터의 머리 위에 떠 있는 빨간색 막대기 말이다. 자본주의 사회에서 돈은 곧 목숨이다. 하루 벌어 하루 먹고 사는 사람은 고작 네다섯 자리 숫자에 목숨이 왔다 갔다 한다. 육체노동으로 일당 10만 원을 받는 사람의 하루는 100,000이라는 숫자로 매겨진다. 담배 한 갑에 −4,500, 밥 한 끼에 −7,000. 이렇게 줄어드는 숫자를 바라보며 다음날 또다시 그만큼을 채워야 하루의 목숨을 연장할 수 있는 것이다.

부자들은 셀 수 없이 많은 0이 붙은 숫자를 머리 위에 달고 있다. 예를 들어 1억은 100,000,000, 1조는 1,000,000,000,000이다. HP의 총량이 엄청나게 많은 것이다. 저 정도 돈이 통장에 있으면 현실감각이 사라질 것 같다. 써도 써도 돈이 그대로 있으면 어떤 기분일까? 궁금하다.

나는 이미 결론을 내렸다. 지금 가진 돈으로 최대한 갈 수 있

---

1 〈마음난리〉, "있었는데요, 없었습니다" 편에 그 돈이 다 어디로 갔는지 적어 두었다.

을 때까지 가본다. 돈 나올 구멍이 없고 집을 지킬 방법이 없을 때 집을 포기했듯이, 목숨을 지킬 방법이 없을 때 생을 포기한다. 내 손으로 벌 수있는 만큼 벌고 돈 떨어지면 죽는다, 어쨌든 나는 내 한 몸으로 최선을 다해 산 것이니까 그것으로 됐다.

떠나기 전에 많은 사람과 인사를 나누었다. 짐이 무거워지니 선물 말고 편지나 이메일을 써달라고 했다. 제주에 잘 도착했다고 메일을 보내자 몇 명으로부터 답장이 왔다. 이 여행의 의미를 제대로 이해하고 있는 사람은 아무도 없지만, 그래도 응원해주는 마음이 고맙고 소중하다. 며칠 전에 작별 인사를 나눴는데 벌써 보고 싶다.

오늘은 통장이 두둑해졌다. 헛헛했던 마음이 새로운 에너지로 채워졌다. 게스트하우스에서 사람들을 만나고 조금씩 그들과 연결되는 것도 즐겁다. 나를 글 쓰는 사람이라고 소개하기 시작했다. 인스타그램의 팔로워를 맺기도 했다. 침대맡에는 읽고 싶은 책이 쌓여 있다. 쓰고 싶은 글감도 많다. 쓸 거리가 생각나면 적어놓는 '나와의 채팅'창이 점점 길어진다. 무엇이든 해보자.

내겐 아무도 없다니까요. 난 자유예요. (90쪽)

나는 세상의 모든 것을 다 겪어본 후에야 그놈의 행복이란 걸 겪어볼 생각이다. (100쪽)

더 이상 살아갈 능력도 없고 살고 싶지도 않은 사람의 목구멍에 억지로 생을 넣어주는 것보다 더 구역질나는 일은 없다고 생각한다. (296쪽)

그러나 나는 행복해지기 위해서 생의 엉덩이를 핥아대는 짓을 할 생각은 없다. 생을 미화할 생각, 생을 상대할 생각도 없다. 생과 나는 피차 상관이 없는 사이다. (116쪽)

- 에밀 아자르 장편소설, 〈자기 앞의 생〉,
용경식 옮김, 문학동네, 2003.

우호적 무관심

'우호적 무관심'. 지금 있는 게스트하우스의 컨셉이다. 집주인으로서 집에 찾아오는 손님들을 따뜻한 시선으로 바라보되 적당한 거리를 유지하겠다는 것이다. 무관심은 소외로 이어지고 오지랖은 간섭이 되기 쉽다. 여행자를 맞이하는 곳에서는 그 사이쯤 어딘가의 선을 찾는 것이 중요한 것 같다. 말처럼 쉬운 일은 아니다. 처음에는 내게 무관심한 듯했으나 장기 숙박객으로 있다 보니 미소와 눈빛에서 따뜻한 느낌을 받는다.

아침 일찍 잠이 깨어 조용히 거실에 자리를 잡는다. 기다란 식탁에 노트북을 놓고 한쪽 벽에 기대앉으면 작업 준비 완료다. 맞은편에는 아담한 책장이 있다. 책장 앞에 퍼질러 앉아 오늘 읽을 책을 고른다. 식사 시간이 가까워지자 주인과 다른 손님들이 거실을 지나 부엌과 욕실로 간다. 오늘도 쿠쿠가 열심히 밥을 짓는다. 곧 나무접시에 주먹밥이 담겨 나온다. 두 줄로 나란히 앉아 아침을 먹는다. 설거지를 마치고 다시 거실에 앉는다.

나는 음악을 들으며 책을 읽는다. 짐을 챙겨 퇴실하는 사람들을 바라본다. 주인과 스텝은 이불을 걷고 청소를 시작한다. 책을 덮고 글을 쓰다 고개를 들어 그들이 일하는 모습을 바라본다. 산뜻하고 단단한 일상이다. 각자의 자리에서 자기 일을 하는 것. 그러다 가끔 눈이 마주치면 꾸벅 인사를 하는 것. 바깥 날씨와 오늘의 손님 수에 대해 가벼운 대화를 나누는 것. '우호적 무관심'의 실천이다.

손님 중에는 아직 깊은 이야기를 나눈 사람이 없다. 옆 침대에서 코를 골던 남자는 매일 낚시와 스노클링을 한단다. 분주하게 장비를 손질하는 그와 저녁 약속을 잡는다. 물고기를 많이 잡으면 회를 떠먹고, 잡지 못하면 흑돼지를 같이 먹기로 한다. 그는 나에게 글 잘 쓰라는 인사를 남기고 양손 가득 낚싯대와 짐을 들고 빗속으로 나간다.

글도 손맛이다. 순간의 생각을 잡아채 정확한 단어를 찾아내고 문장을 이어나가는 일은 지루한 노동이자 즐거운 고통이다. 흰 화면과 깜박이는 커서를 마주하고 앉은 내 안에서 끊임없이 무언가가 떠오르고 사라진다. 분노와 증오. 미련과 슬픔. 모욕감과 수치심.[1] 지금 내 안에는 그런 것들밖에 보이지 않는다. 어쩔 수 없다. 둥둥 떠다니는 오물을 건져내고 찌꺼기를 걸러낸 후에야 깨끗하고 투명한 마음이 보일 테니까. 손에 잡히는 대로, 손끝에서 나오는 대로 글을 짓는다. 지금 여기, 이 순간에 존재하는 나를 바라본다.

---

1 그것들을 뱉어내 〈마음난리〉라는 책을 지었다.

낭독의 밤

조용하던 게스트하우스가 저녁이 되자 시끌벅적하다. 이십 대 중후반으로 보이는 여자 네 명이 한꺼번에 들어왔다. 방 안에서 웃고 떠드는 소리가 거실을 지나 내가 있는 방까지 들린다. 어찌나 신나게 웃던지 같이 웃고 싶어진다. 불쾌하지 않은 소음이다. 맥주와 노트북을 놓고 거실에 둘러앉은 그들 옆에 슬쩍 가서 앉았다.

대안 공동체를 통해 만난 그들은 절친이 되어 여행을 왔다고 한다. 목포에서 비건 식당을 운영한다는 사람이 명함을 줬다. 한 사람은 다큐멘터리 감독을 하고 있는데 글에도 흥미가 있어 '브런치' 작가 활동을 시작했단다. 낚시하는 남자도 어느새 합류했다. 맥주와 과자를 놓고 본격적인 이야기를 시작했다.

직업은 전부 달랐지만 모두 글을 쓰고 있었다. 눈빛이 마주 치고, 주섬주섬 각자의 글을 꺼내기 시작했다. 스탠드의 연한 주황색 불빛과 노트북의 희뿌연 빛 속에서 낭독의 밤이 시작되었다. 낚시하는 남자는 시를 읊었다. '소박한 별빛'이라는 필명처럼 감성적이고 애수가 있었다. 다큐멘터리 감독은 에세이를 한 편 읽었다. 스타벅스에 앉아 애플 로고를 빛내는 '맥북 유저'들에게 느끼는 위화감과 동경을 유쾌하게 풀어냈다. 왠지 '인싸' 같고 '펀Fun, 쿨Cool, 섹시Sexy' 해보이는 맥북을 갖고 싶지만, 너무 비싸서 사기 힘든, 그 기분이 뭔지 알아서 다들 공감했다.

내 글도 읽었다. 연구원 기숙사에 살던 때 술에 취해 창밖으로 떨어진 얘기였다. 119 구급대원이 무전기로 '드렁큰 폴 다운(dru nken, fall down)' 환자라고 말했다는 대목에서 모두 빵 터졌다. 외로울 때 마시는 술은 사람을 미치게 만든다고 말하자 다들 고개를 끄덕거렸다. 무릎에 남아 있는 흉터도 보여주었다. 무엇이 당신을 그렇게 외롭게 했느냐는 질문에 잠깐 울컥했다.

그동안은 처음 만난 사람에게 나를 글 쓰는 사람이라고 소개하기 어색했는데 오늘은 글 쓰는 나여서 다행이라는 생각이 들었다. 글이라는 매개체로 공감과 위로를 받을 수 있어 마음이 따뜻했다. 시든, 소설이든, 에세이든, 노랫말이든 진지하게 글을 쓰는 사람은 생각보다 많은 것 같다. 글 쓰는 사람을 더 많이 만나면 좋겠다. 이 여행이 조금 기대되기 시작했다.

친밀함과 인내심

한 남자와 사흘 동안 같은 방을 쓰니 코 고는 소리도 견딜 만하다. 소리가 작아진 게 아니라 내 마음이 달라진 것이다. 사람에 대한 인내심은 친밀함에 비례하는 것 같다.[1] 대화를 나누고 친해진 만큼 그 사람을 조금 더 참아줄 수 있게 된다.[2]

그는 오늘 떠난다. 낚시 도구며 짐을 정리하느라 아침부터 바쁘다. 나에게 정이 들었는지 아쉬워한다. 처음 만났을 때는 모르는 사람이었지만 이제는 그가 서울에 직장이 있고, 휴가 와서 낚시를 즐기며 때로 시를 쓰는 사람이라는 것을 안다. 이름과 나이, 직업은 모르는데 말이다. 여행은 껍데기를 벗어놓고 서로의 본질로 바로 다가갈 수 있게 한다. 각자의 삶이 있고 잠시 쉬기 위해 여행을 왔으며, 우연히 지금 여기에 함께 있다는 것으로 충분하다.

나는 남아서 또 다른 사람을 맞이할 거다. 다시 인사를 나누고 거리를 맞춰가겠지. 서로 내키는 만큼만 묻고 답하며 새롭게 친밀감을 쌓아가면 된다. 새로운 사람을 만나면 새로운 종류의 인내심이 필요해진다. 이렇게 여행은 계속 과제를 던진다.

---

1 하지만 '인내심'과 '친밀함'이 '이해'와 '사랑'으로 이어지는 것은 아니다. 누군가를 이해한다고 해서 그의 모든 것을 사랑할 수 있는 것은 아니다. 누군가를 사랑한다고 해서 그의 모든 것을 이해할 수 있는 것도 아니다.

2 그것도 적당한 거리가 유지될 때의 이야기다. 사람의 몸이 내는 열과 냄새, 소리는 가까이 있는 사람을 미치게 한다. 어릴 때는 공장에 딸린 쪽방에서 아빠와 함께 잤다. 그는 열이 많고 잠귀가 밝았다. 본인은 우렁차게 코를 골면서 옆에서 조금만 뒤척여도 잠에서 깨 신경질을 부렸다. 코를 고는 아빠의 등을 바라보며 치솟는 증오와 살의를 느꼈다. 속으로 욕을 하고, 허공에 주먹을 휘둘렀다. 칼이 있었다면 그의 등을 찔렀을 지도 모른다.

사소하지만 큰 고통

비데가 필요하다. 몇 년 동안 물로 씻어왔던 항문이 거친 휴지를 힘들어한다. 일주일 동안 매일 다른 카페를 갔는데 비데가 설치된 곳을 한 번도 보지 못했다. 예전에도 그곳이 조금 아팠는데 병원에 갈 정도는 아닌 것 같아서 참았다. 친구의 조언에 따라 좌욕기를 사서 뜨거운 물을 받아놓고 앉아 있었다. 그곳의 일로 병원에 가는 일만은 피하고 싶었다. 며칠 했더니 안 아프길래 나았나보다 하고 내버려 뒀는데 다시 아프기 시작한다. 아무래도 어딘가 찢어진 것 같다. 일을 볼 때마다 피가 나고 따끔거린다.

또 다른 고통이 있다. 발에 물집이 잡혔다. 덥거나 비 올 때 편하게 신고 다니려고 크록스를 샀는데 발이 자꾸 쓸린다. 오른발 안쪽에는 커다란 물집이 생겼고 왼발 뒤꿈치에는 물집 안에 피가 고여 검붉은색이 되었다. 터뜨리면 더 아플 것 같아서 일단 지켜보고 있다. 한 발짝 움직일 때마다 쓰라리니 금방 짜증이 난다. 아무래도 육체가 정신을 지배하는 게 맞는 것 같다. 나는 배고픔과 고통은 절대 참을 수 없는 나약한 인간이다.

목과 어깨도 많이 뭉쳤다. 왼쪽에는 가방, 오른쪽에는 노트북을 메고 종일 걸어서 그렇다. 게스트하우스를 중심으로 한 시간 안에 걸어갈 수 있는 카페를 찾아 매일 나간다. 뙤약볕에 목 뒤는 시커멓게 타버렸다. 땀에 젖은 손수건을 물에 적셔 머리 위로 물을 짠다. 카페에 들어가 냉커피를 허겁지겁 마신다. 지쳐서 글은 몇 자 쓰지도 못한다. 이게 여행인지 고행인지 모르겠다. 내가 이 더위에 여기서 왜 이렇게 걷고 있는지 나도 알 수가 없다.

여행은 결국 일상의 연속이다. 먹고 자고 싸고 걷는 게 조금이라도 불편하면 피로가 쌓인다. 큰 문제는 해결하면 되지만 사소한 고통이 계속될 때 더 빨리 지치는 것 같다. 뜨거운 날씨에 무거운 가방을 짊어지고 걷는 것. 오래 걷는 데 계속해서 발이 아픈 것. 화장실에 갔는데 은밀한 부위가 따가운 것. 지금의 나를 짓누르는 사소하지만 큰 고통이다.

8월의 제주는 덥고 습하다. 조금만 걸어도 땀이 쏟아진다. 오늘따라 하필 손수건을 놓고 나왔다. 손으로 이마를 아무리 닦아도 눈으로 땀이 흐른다. 심지어 선크림이 섞여 눈이 따갑다. 앞이 안 보인다. 도저히 걸을 수가 없어 버스정류장에 앉아서 한참 눈물을 흘렸다. 눈은 비빌수록 더 아픈데 손을 멈출 수가 없다.

이렇게 눈이 흐릴 때는 차라리 실컷 우는 게 나을지도 모르겠다. 더러운 것들을 흘려보내고 나면 눈이 맑아지겠지. 깨달은 사람들은 늘 비우고 버리라고 말했다. 오늘은 무엇을 버려야 할까. 땀과 눈물을 흘리며 생각해본다.

나는 걷는다

걷지 않으면 볼 수 없는 풍경이 있다. 돌담을 타고 오르는 담쟁이덩굴 중에는 하트 모양의 잎들이 있다. 낮은 돌담 너머 어느 집 마당에 널려 있는 빨래들은 햇빛을 받아 파스텔색을 낸다. 숙소로 돌아와 아침을 먹은 뒤 글을 쓸 수 있는 카페를 찾아 길을 나선다. 글을 조금 쓰고 카페를 나와 맛집을 향해 조금 멀리 걷는다. 그늘이 없는 해안도로를 걷다가 지칠 때쯤 나타나는 정자에는 푹신한 의자와 소파가 놓여 있다.

잠깐 앉아 땀을 식히고 있으니 동네 할머니들이 삼삼오오 모인다. 처음 보는 나에게 "어디서 완?" 하며 말을 건네고 곧 그네들끼리 수다를 떤다. 밥을 먹고 돌아올 때는 일부러 다른 길을 고른다. 집 앞 나무둥치에 등받이 의자가 기대어 놓여 있다. 집주인 할아버지가 더위를 피하는 곳일까, 사람이 지나가면 펄쩍펄쩍 뛰며 왕왕 짖어대는 개들도 있다. 개들을 묶어 둔 사슬 소리가 짤랑거린다.

걷다 보면 공기가 바뀌는 것도 느낄 수 있다. 밭 근처에는 두엄 냄새가 난다. 앞서 걷던 여자는 코를 감싸 쥐며 저만치 뛰어갔지만 나는 쿰쿰한 그 냄새가 싫지 않다. 동물의 몸에서 나온 배설물이 썩어 식물의 몸을 키우는 데 쓰이니, 우리는 서로 돕고 사는 존재임을 깨닫는다. 문득 짠 내가 느껴져서 고개를 들면 저 멀리 바다가 보인다. 여기는 섬이다. 어느 방향으로든 끝까지 가면 바다를 만나게 되어 있다. 처음 며칠은 바다를 보면 슬펐는데, 이제는 기분이 좋다. 고립된 느낌은 줄어들고 자유로운 느낌이 든다.

차를 타고 지나가면 큰 것밖에 보지 못한다. 휙휙 바뀌는 풍경에 눈이 바빠 생각이 익지 못한다. 그래서 나는 걷는다. 걸으면 자연 속의 사람이, 일상 속의 휴식이 보인다. 덥고 지치지만, 더 보고 더 느낄 수 있다. 자연(自然), 스스로 그러하다. 곱씹을수록 맞는 말이다. 꽃과 나무도, 새와 벌레도, 바람과 바다도. 그냥 거기에 있을 뿐이다. 그것들을 바라보는 사람들의 마음이 좋다, 싫다, 옳다, 그르다를 따지고 떠든다. 자연에 정해진 답은 없다. 자연은 끊임없이 변한다.

갇히지 말자.
고이지 말자.
움직이자.
변하자.

다시, 걷자.

각자의 길

조용하고 아기자기한 게스트하우스라 그런지 혼자 온 여자 여행자가 꽤 있다. 그렇다고 해서 친해지기 쉬운 것은 아니다. 혼자 온 여자는 대개 남자를 경계한다. 이해는 되지만 조금 아쉽다. 내가 잘생겼거나 호감형이었다면 말 거는 것 자체를 꺼리는 일까지는 없지 않을까 싶다. 나는 아직도 여자 사람에게 가볍게 다가가는 방법을 모르겠다. 서른셋인데도 이러니, 영영 알지 못할지도 모른다. 대화와 소통은 오고 가는 것인데, 듣는 쪽에서 잘 받아주어야 더 편하게 다가갈 수 있는 것 아닌가 생각한다.

청소 시간에는 방을 비워야 해서 카페를 다녀왔다. 바깥은 덥다. 아침부터 땀을 한 바가지 쏟았다. 거실에 에어컨을 켜고 앉아 책을 읽고 있는데 한 여자가 배낭을 메고 들어온다. 뜨거운 햇볕에 발갛게 상기된 얼굴로 짐을 내린다. 더운데 오시느라 고생했다고 말을 걸어봤다. 다행히 생글생글 웃으며 엄청 덥다고 답을 해 준다. 대학생인데 방학이라 혼자 놀러 왔다고 한다. 곽지 해수욕장까지는 버스를 타고 왔는데 이제 자전거를 빌려 서쪽을 돌아볼 생각이란다. 어쩐지 아침에 자전거 한 대가 배달을 왔었다. "엄청 더워서 힘들 텐데 괜찮겠어요?" 하자 "이럴 때 아니면 언제 해 보겠어요!" 하며 웃는다. 싱싱한 활력이 느껴진다. 시원한 바람이 부는 듯하다.

게스트하우스는 날마다 분위기가 다르다. 모여 앉아 이야기를 나누는 날도 있지만, 각자 시간을 보내는 경우가 더 많다. 저녁을 먹고 긴 탁자에 띄엄띄엄 앉아 제 할 일을 한다. 나는 글을 쓰고,

여자는 책을 읽는다. 다른 남자는 카메라 장비들을 손질한다. 주황색 스탠드의 불빛과 노랫말 없는 잔잔한 음악이 공간을 채운다.

침묵 속에서 간간이 대화가 오간다. 어디서 왔는지, 여행의 목적이 무엇인지, 이곳에 얼마나 머무르는지, 내일은 어디를 갈 계획인지. 선을 넘지 않고 벽을 허물지 않는 형식적인 대화이지만 기분이 나쁘지는 않다. 이런 날도 있는 거니까. 매일 모든 사람과 친해질 수는 없다는 사실을 받아들여야 한다.

다음 날 아침이 되었다. 모여앉아 주먹밥을 먹고 각자 나갈 준비를 한다. 혼자 온 여자는 자기 몸보다 커 보이는 가방을 자전거에 싣는다. 남자는 바이크 짐칸을 열어 카메라와 삼각대를 넣는다. 나는 멀리 맛집을 찾아갈 거라 큰길로 나가 택시를 잡을 생각이다. 게스트하우스 앞에서 인사를 나누고 헤어진다.

노트북 가방을 어깨에 메고 큰길을 향해 걷는 내 옆으로 여자의 자전거가 지나간다. "갈게요!" 인사한 지 5초 만에 가방이 옆으로 쏠려 중심을 잃고 쓰러진다. 하마터면 크게 다칠 뻔했다. 노트북을 내려놓고 얼른 달려가 일으켰다. 여자는 놀란 표정이다. 엉킨 끈을 풀고 가방을 세로로 눕혀 다시 꽉 묶어주었다. 더위 속에 혼자 멀리 가야 하는데, 무사히 갈 수 있을까 걱정이다. 다시 페달을 밟는 여자의 뒷모습을 바라보며 나도 걸음을 옮긴다.

모두 자신의 길을 간다. 각자의 고생은 각자의 몫이다. 누구도 누구를 대신해서 살지 않는다. 나는 내 길을 가야 한다. 지금의 내 상황을 다시 떠올린다. 의지할 사람도, 살 집도 없이 떠도는 내 앞가림부터 해야 한다. 이 길에서 만나는 누구도 나를 돕지 않을 것이다. 처음부터 끝까지 내 손으로 무언가를 만들어내야 한다. 부지런히 글을 쓰고 책으로 펴내자. 얼른 원고를 마무리하고 디자인으로 넘어가야겠다.

* 저녁에 인스타그램을 보니 여자는 5시간 넘게 자전거를 달려 제주 남서쪽에 무사히 도착한 것 같다. 남자는 카메라가 깨졌다고 한다. 각자의 성공과 실패 속에 각자의 길이 있다.

다이소

오래 여행하다 보니 이것저것 필요한 게 생긴다. 치약이 떨어졌고 손수건은 손빨래하다가 찢어졌다. 귀마개는 자다 보면 꼭 하나씩 빠져 침대 밑으로 굴러 들어간다.[1] 먼지에 뒤덮인 것을 다시 쓰자니 찝찝하다. 가까운 편의점에는 치약만 있고 손수건과 귀마개는 없다. 치약도 종류가 적고 비싸다. 내게 필요한 여러 물건이 다 있는 곳은 어디일까? '다이소'다.

곽지 해수욕장에서 걸어서 30분 거리에 다이소 애월점이 있다. '30분 정도야 뭐!' 하고 가볍게 길을 나섰다. 출발한 지 5분도 되지 않아 후회했다. 제주도의 땡볕을 우습게 봤다. 땀이 쏟아진다. 노란 티셔츠 군데군데 주황색 얼룩이 생긴다. 하지만 택시를 타기에도 애매한 거리다. 그냥 걷는 수밖에 없다. 물집이 잡힌 발을 질질 끌며 걸었다. 쓰러질 것 같을 때 다이소가 나타났다. 통유리로 된 3층 건물이 번쩍번쩍 빛났다.

땀을 닦고 마스크를 썼다. 안은 깨끗하고 시원하다. 가볍게 1층을 둘러보며 땀을 식힌다. 손수건이 보인다. 체크무늬 신사용 손수건 가운데 하늘색과 갈색, 두 장을 집었다. 2층에 올라가서 귀마개를 찾았다. 보라색 귀마개 8개가 2천 원이다. 하나씩 잃어버려도 꽤 오래 쓸 것 같다. 치약도 종류가 많다. 나는 '청은차'를 좋아하지만 새로운 시도를 해보기로 한다.[2]

살 건 다 샀는데 나가기가 싫다. 시원한 에어컨 바람을 5분 정

---

1 스펀지 귀마개가 자연적으로 빠지기는 힘들고, 이물감이 불편하니 잠결에 손으로 빼는 것 같다.

2 '2080 진지발리스'를 샀다. 뚜껑을 여니 맨소래담 냄새가 난다. 입에 넣기가 살짝 무서웠는데 다행히 매운맛은 아니었다.

도 더 쐬다가 나왔다. 자동문이 열리자마자 뜨거운 공기가 훅 밀려든다. 이 더위를 뚫고 또 걸어가야 한다. 나는 왜 고난을 자처할까? 이건 여행이 아니라 고행이다. 이럴 때는 차가 있으면 좋기는 하겠다. 숙소에 가면 침대에 엎드려 블랙박스 사고 동영상이나 봐야겠다.[1]

---

1 나는 차를 사고 싶어질 때마다 급발진이나 교통사고 영상을 본다. 그러면 차 생각이 싹 달아난다. 지금까지 면허도 따지 않았다. 어차피 차를 살 돈도 없고 유지비도 부담스럽다. 돈도 없는데 차는 사치다.

택시

어제 다이소 때문에 너무 고생했더니 집[1]을 나서기가 두렵다. 사실 다이소를 지나 애월 해안도로에 있는 멕시코 음식점까지 30분을 더 걸었었다. 지인이 꼭 먹어보라며 돈까지 보내 준 곳이라 무리를 해서 갔는데 하필 휴무라 허탕을 쳤다. 땡볕이 내리쬐는 아스팔트를 걷고 언덕을 올랐는데 문이 닫혀 있는 걸 보고 쓰러질 뻔했다. 그 집 옆에서 파는 양 적고 비싼 망고주스를 먹고 다시 걸어서 돌아왔다.[2] 그랬더니 목 뒤가 새까맣게 탔다. 선크림을 발랐는데 땀에 씻기고 손수건에 닦였는지 소용이 없다.

어제 실패한 멕시코 음식을 먹으러 가야 하는데 나갈 엄두가 안 난다. 인스타그램으로 보니 두세 시면 재료가 떨어져 문을 닫는 '핫'한 곳이다. 어떻게든 더위를 뚫고 가는 수밖에 없다. 가자. 아, 나가기 싫어. 가야 해. 싫어. 어제처럼 고생하고 싶지 않아. 그래도 가야지. 인간적으로 너무 더워. 멕시코 음식을 먹기 전에 내가 익어버릴 거야. 한참을 미적대다가 결국 택시를 불렀다. 카카오택시를 켜고 목적지를 찍었더니 금방 잡힌다. 곽지 해수욕장 방면, 언덕 아래에서 부앙 소리를 내며 택시가 올라온다.

뒷좌석 문을 열고 타자 선글라스를 쓴 기사님이 힘찬 인사를 건넨다. "어쉬 오쉐요!" 걷어붙인 팔뚝에는 핏줄이 불끈거린다.

---

1 한 곳에 일주일쯤 있으니 집처럼 느껴진다. 아침에 일어나면 침대에 엎드려 '오늘은 어디 가지?' 고민하고, 밖에 나갔다가 더우면 '집에 가야겠다' 생각한다.

2 망고주스 집에서는 대기 손님에게 연예인 이름이 붙은 막대기를 줬다. "장동건님~ 주문하신 망고주스 나왔습니다!" 더위에 지친 사람들에게 소소한 웃음을 주는 센스 있는 가게였다. 나는 소지섭이었다. 내 뒤로 손예진님과 송혜교님이 까하하 웃으며 음료를 받았다.

심상치 않다 싶었는데 레이서의 피가 흐르는 사람인 것 같다. 목적지까지 가는 동안 앞에 있는 모든 차를 추월해서 갔다. 50분은 걸어야 할 거리를 5분 만에 왔다. 졸라 멋있다.

커피 한 잔 값으로 시간과 에너지를 아끼고 행복을 느낄 수 있는데 나는 왜 모든 것을 내 힘으로만 하려고 했을까. 남의 도움을 받으면 이렇게 좋은데. 물론 합당한 대가를 교환해야 하겠지만 말이다. 적당히 의지하면서 사는 것도 필요한 것 같다. 나도 누군가에게 무언가를 해줄 수 있는 사람이면 좋겠다. 내 글이 누군가가 돈 내고 살 만한 글이면 좋겠다.

'작가'라고 불렸다

게스트하우스에 '연박'[1]하는 여자분이 있다. 이틀 이상 묵는 사람이 잘 없는데 사흘째 마주 앉아 밥을 먹으니 얼굴이 눈에 익는다. 키가 크고 다리가 길다. 거실에 앉아 책을 읽다가 눈앞에 지나가는 다리에 시선을 여러 번 빼앗겼다. 적당히 그을려 탄탄하고 건강해 보인다. 긴 다리를 뻗어 양말을 신고 나갈 준비를 하는 모습이 힘차다. 열심히 일하다 휴가를 온 그녀는 매일 올레길을 걸으며 스탬프를 모은다.[2] 글을 쓰는 나를 보더니, 자신도 글과 관련된 일을 한다고 한다. 저녁에 돌아온 그녀를 붙잡고 내가 쓴 글을 보여줬다. 본인은 초보 기자라며, 나를 작가님이라 부르기 시작했다.[3]

며칠 전에는 한 출판사에 내 글을 책으로 만들어줄 수 있는지 물어보는 메일을 보냈었다. 초조하게 답장을 기다렸다. 사흘 만에 답장이 왔다. 자신의 책을 내기 위해 만든 1인 출판사라 남의 글을 출간할 계획은 없다는 답장이 왔다. 자신도 처음에는 독립출판으로 시작했으니 '작가님'도 직접 독립출판을 해보라고 적혀 있다. 독립출판, 들어보기는 했지만 내가 할 거라고는 생각하지 못했다. 궁금한 게 많아 다시 메일을 보내니 여러 가지 정보와 팁을

---

1   이틀 이상 이어서 묵는다는 뜻으로 게스트하우스에서 흔히 사용하는 말이지만 표준어는 아닌 듯하다.

2   '올레 여권'이라는 것이 있어 올레길의 시작–중간–끝 스탬프를 찍게 되어 있다. 총 26개 코스의 모든 도장을 모으면 '올레길 완주자'로 등록된다. 자세한 내용은 '제주올레' 홈페이지(jejuolle.org) 참고

3   그녀와는 인스타그램으로 연락을 이어가고 있다. 평일에는 열심히 일하는 모습, 주말에는 달리기와 등산을 즐기는 사진이 자주 올라온다. 건강하고 활력 넘치는 사람이라 멋지다. 내 첫 책을 사서 읽어주신 감사한 독자님이기도 하다. 기자님 감사합니다.

주었다. 출판사에 원고를 보내는 것은 취업을 위해 이력서를 내는 것과 같다며, 상처만 받고 책은 내지 못할 거라고 했다. 좋은 글이 있으면 책을 만드는 것은 어렵지 않으니, 내 손으로 직접 만들어보면 좋겠다고 한다. 자신의 아픔을 진솔하게 드러내는 것만으로도 누군가에게는 위로가 될 수 있으니 지금 쓰는 방향으로 계속 쓰라고 한다. '서하늘 작가님'만의 책이 꼭 나오기를 바란다는 격려도 해주었다.[1]

처음으로 작가라고 불렸다. 작가는 무엇일까. 글을 쓰면 누구나 작가일까, 책을 내야 작가일까. 아직 책도 내지 않은 내가 작가라고 불려도 되는 걸까. 팔리지 않는 글을 쓰는 사람도 작가라고 할 수 있을까. 글로 밥을 먹고 살 수 있어야 작가라고 부를 수 있는 거 아닐까. 진짜 작가가 되고 싶다. 괜찮은 작가가 되고 싶다. 방법은 잘 쓰는 것뿐이다. 잘 쓰려면 일단 써야 한다. 쓰자.

---

1 나에게 큰 도움을 준 이 사람은 〈시발점 Angry Point〉, 〈글쎄 Strong Words〉를 낸 작가 '딥박'이다. 독립출판으로 낸 두 권의 책이 좋은 반응을 얻자 출판사에서 연락이 와서 재출간 및 대형서점 유통에 들어갔다고 한다. 나의 첫 책 〈마음난리〉의 출간을 알리는 연락을 드렸더니 따뜻한 답장을 보내 주셔서 감동했다. 작가님 감사합니다.

목줄 없는 개

제주에는 동물이 많다. 특히 개와 고양이가 많다. 걷다 보면 자주 만난다. 길고양이는 대부분 사람을 피한다. 살금살금 다가가도 후다닥 도망간다. 만질 수 있는 거리를 허락하는 경우가 거의 없다. 만지다가 물리거나 할퀼까 봐 무섭기도 하다. 집사를 '간택'하는 고양이도 많다는데 나는 한 번도 만나보지 못했다. 사진첩에는 멀리서 확대한 고양이 사진이 쌓여간다.

개는 좀 무섭다. 빈집을 지키는 개들은 낯선 사람이 지나가면 대차게 짖는다. 묶여 있어도 펄쩍펄쩍 뛰다가 줄을 끊고 달려오면 어쩌나 싶어 겁이 난다. 가끔 줄 없이 돌아다니는 개들도 있다. 대부분 주인 없는, 버려진 개다. 그런 개들이 몰려다니며 농가와 가축에 피해를 일으켰다는 기사도 나왔다. 허리까지 오는 덩치 큰 개가 이빨을 드러내고 다가오는 것을 봤을 때는 놀라서 머리가 쭈뼛 섰다. 여차하면 노트북을 호신용으로 써야겠다. 눕혀서 입에다 끼우거나 세워서 머리를 후려쳐야지. 겨, 경고하는데, 내, 내가 다치는 만큼 너, 너도 다칠 거다. 더, 더, 덤비지 마라.

동물도 무서운데 사람은 얼마나 조심해야 할까. 제주의 집은 대부분 담장이 낮고 대문이 없다. 문을 잠그지 않고 낯선 사람들이 드나드는 게스트하우스는 사람을 믿지 못하면 지낼 수 없다. 자는 동안 괴한이 들어와 칼로 찌르면 어떡할 것인가. 사람들을 가두고 성폭행이라도 하면 어쩔 것인가. 불안한 마음이 들기 시작하면 두려움은 걷잡을 수 없이 커진다.

일어나지 않은 일을 미리 겁낼 필요는 없지만 그래도 조심해야 한다. 세상은 위험한 곳이다. 자연은 인간에게 우호적이지 않다. 개나 뱀에 물릴 수도 있고, 벌에 쏘일 수도 있다. 게다가 지금은 전염병이 돌고 있다. 코로나를 뚫고 돌아다니는 것 자체가 무모한 일이다. 감기도 걸리면 안 된다.

어딜 가나
개 조심
차 조심
물 조심
사람 조심
코로나 조심하자.

혼자 한 약속

거실에 앉아 아침부터 글을 쓰고 있는 나를 보고 어떤 여자가 "와! 글 쓰세요? 오늘 저녁에 돌아오면 글 좀 보여주세요. 어떤 글 쓰시는지 궁금해요. 꼭이요!" 라고 했다. 관심을 받으니 기뻤다. 카페에 앉아 그동안 써둔 글을 하나씩 읽어보며 다듬었다. 어떤 글을 꺼내야 작가라는 정체성을 이용해서 호감을 얻을 수 있을까. 고심 끝에 적당히 위트와 깊이가 있는, 너무 가볍지도 어둡지도 않은 글을 한 편 골랐다. 카카오톡으로 보내 준다고 말하며 자연스럽게 전화번호를 받을 계획도 세웠다. PDF 파일로 만들어 저장해두고 저녁이 되기를 기다렸다.

그녀가 언제 들어올지 몰라 오후 다섯 시부터 거실에 노트북을 펴고 앉았다. 골라 둔 글을 읽고 또 읽으며 예상 질문과 그럴듯한 대답을 생각했다. 어느새 일곱 시가 되었는데 아직 오지 않았다. 혼자 저녁을 먹을지 아니면 같이 먹을 것을 준비해야 하는지 고민했다. 연락할 방법은 없었다. 책을 읽으려는데 집중이 안 됐다. 유튜브로 시답잖은 영상이나 보며 시간을 때웠다. 다른 사람들이 들락날락하는 동안 그녀는 좀처럼 돌아올 기미가 보이지 않았다. 기다리는 게 짜증 났다. 설렘은 사라지고 배가 고파왔다.

밤 아홉 시가 넘어서야 그녀가 들어왔다. 썩은 표정을 감추며 인사를 건네니 고개만 까딱하고 방으로 들어간다. 열 시 반에 거실의 불을 끌 때까지 그녀는 방에서 나오지 않았다. 정확히 말하자면 그녀와 약속을 잡은 것은 아니었다. '기회가 되면 당신의 글을 볼 수 있으면 좋겠다'는 인사치레에 혼자 설레발을 친 셈이다.

그녀가 나쁜 사람인 게 아니다. 나에게 상처 주려고 일부러 물 먹인 건 아닐 거다. 일정을 따르다 보니 피곤해서 그랬을 거다. 여러 가지 돌발변수 때문에 우선순위에서 밀린 것뿐이다. 여행에서 만난 사람의 말은 믿으면 안 된다. 선의 혹은 호의로 한 말이라도 지킬 수 없는 경우가 많기 때문이다. 스쳐 지나가는 사람의 말에 의미를 부여하고 왜 지키지 않냐고 몰아세우는 것은 어리석은 짓이다.

여행에서 배운다. 기대하지 말 것. 준 만큼 받아야 한다고 생각하지 말 것. 줄 수 있으면 그냥 주고, 받으면 감사할 것. 그래야 상처를 덜 받는다. 나는 꼭 겪어보고서야 깨닫는다. 속이 쓰린 것은 배가 고파서일까. 그렇다고 믿자. 내일은 맛있는 것을 먹어야겠다.

사투리

오늘도 거실에 앉아 책을 읽고 글을 쓴다. 해가 질 때쯤 남자 두 명이 새로 왔다. 사장님이 안 계셔서 내가 안내를 해주었다. 일주일째 앉아서 매일 듣다 보니 안내 사항을 다 외웠다. 나보고 사장님이냐고 묻기에 아니라고 했다. "마! 아이다! 사장님 번호 저장하면 카톡 뜨는데 여자 이름이다!" 옆에 있는 이에게 편하게 말하는 것을 보니 오랜 친구 사이인 듯하다. 머쓱해진 이가 내 나이를 묻는다. 서른셋, 동갑이다. "마, 친구네! 반갑다! 말 놓자! 니는 어디서 왔노?" 붙임성이 좋은 친구들이다.

이런저런 얘기를 하는데 대화가 자주 끊어진다. 호탕하게 먼저 말을 놓자 해놓고 나에게 말 거는 것을 무척 어려워한다. 경상도 남자들은 서울말을 싫어한다. 특히 친구 앞에서 어설프게 서울말 하다가는 된통 욕먹는다. 편하게 이야기하고 싶은 눈치라 오랜만에 사투리를 써 주기로 했다.[1] "마, 내도 마산 출신이다. 말 편하게 해라." 했더니 와하하 웃는다. 그제야 어색함이 풀린다. "와~ 임마 뭐고? 서울말 옥수로 잘하네!"

그들은 경남 진주에서 왔단다. "진주, 사천, 통영, 거제, 창원. 다 그가 그다!"[2] 고등학교 친구인 둘은 주말마다 장비를 싣고 전국의 캠핑 명소를 찾아다니는데, 여름 휴가로 제주도에 왔다고 한다. 남자 둘이서 떡볶이 맛집을 검색하고 있다. 취향이 맞는 친구가 있어 부럽다. 사투리로 떠드는 그들을 보니 웃음이 나온다.

---

1   나는 경남 창원에서 태어나 16살 때까지 창원시, 마산시, 함안군, 울산광역시 등에서 살았다. 중학교 3학년 때 서울로 올라가 사투리를 완전히 고쳤지만 혼자 있을 때는 경상도 말로 중얼거리곤 한다.

2   "다 거기서 거기지 뭐." 라는 뜻이다.

자기가 나고 자란 곳의 말을 하는 것은 부끄러운 일이 아닌 것 같다. 처음 만나면 출신 지역을 꼭 묻는 우리나라에서 사투리는 좋은 연결고리가 된다. 심지어 외국에서는 "한국분이세요?" 라는 한마디로 순식간에 '아는 사람'이 된다. 같은 말을 쓴다는 사실만으로 친해질 수 있고 위로를 받을 수 있다.[1] 나는 그동안 출신[2]을 숨기고 사투리[3]를 감추며 살아왔다. 동갑내기 여행자들 덕에 마음의 벽에 쌓인 먼지를 털어내었다. 오랜만에 머금은 고향 말은 맛있었다.

1　그래서 나는 북한에 정말 가보고 싶다. 억양과 단어가 달라도 같은 말을 쓰는 같은 민족이니까. 누구와 만나든 대화와 소통을 할 수 있을 거라는 기대가 든다. 친한 친구들 가운데 노무현 대통령 시절에 금강산 관광을 다녀온 친구들이 있다. 흔치 않은 경험이자 잊을 수 없는 추억을 가진 그들이 부럽다.

2　여행자에게 흔히 던지는 "어디서 왔어요?" 라는 질문은 '고향'과 '지금 사는 곳'을 동시에 묻는 말이다. 내가 태어난 곳은 창원, 가장 오래 산 곳은 서울, 최근에 살았던 곳은 대전이다. 주소는 대전으로 되어 있지만, 나는 집 없이 떠도는 신세다. 이러한 사연을 그대로 말하자니 복잡하다. 그래서 그냥 '서울 사람인데 대전에 살고 있다'고 답한다. 고향이 창원이라 말하면 "그런데 사투리를 하나도 안 쓰시네요?" 라는 말이 따라오고, 이 모든 걸 다시 처음부터 설명해야 하기 때문이다.

3　'경상도 사투리를 쓰는 중년 남자'는 내가 가장 혐오하는 인간형이다. 나의 빌어먹을 아버지를 떠오르게 하기 때문이다. 사투리를 쓰는 내 모습에서 '그'를 발견하면 수치심과 자괴감에 치를 떤다. '그'에 대한 내 증오의 역사에 대해서는 〈마음난리〉에 자세히 적어 두었다.

글 쓰기 좋은 카페 발견

바다 전망이 좋아서 여러 번 갔던 곽지 해수욕장 앞 카페 D의 커피는 사실 맛이 없다. 곽지를 벗어나 다른 카페를 찾아보기로 했다. D 건물 뒤로 이어진 올레길을 따라 다리를 건너면 금성 포구가 나온다. 육지에서 내려오는 금성천이 바다로 합류하는 곳이다. 커다란 관에서 쏟아지는 물이 연녹색 이끼 위로 하얀 거품을 일으킨다.

지도에 나타나는 지명은 어느새 귀덕리로 바뀌었다. 폭이 좁고 길쭉한 곽지리-금성리-귀덕리를 가로지르는 중이다. 어디선가 갈색 고양이가 나타나 돌담을 따라 느릿느릿 걷는다. 허리까지 오는 낮은 돌담 위에는 '방있습니다' 라고 적힌 나무판자가 놓여 있다. 옛집을 활용한 게스트하우스인 것 같다. 풀이 아무렇게나 자라는 마당 끝에 하얀 피아노가 놓여 있다. 들어가서 사진을 찍고 싶지만, 괜히 혼날까 봐 참고 지나갔다.

귀덕1리 방파제 앞에는 정자가 있다. 정자를 끼고 돌아 왼쪽을 보니 세련된 건물이 있다. 간판을 보니 M이라는 카페다. 잘 가꾼 정원에 테이블과 의자가 드문드문 놓여 있다. 길쭉한 건물의 문을 열고 들어갔다. 컬이 들어간 갈색 머리를 묶고 앞치마를 두른 주인이 맞이한다. 메뉴를 보니 모든 커피가 7천 원이다. 돌아서 나갈까 했는데 출입문까지 거리가 너무 멀었다. 온 김에 비싼 커피 한 번 마셔보기로 했다. 직수입한 원두를 핸드드립으로 내려 준다고 한다. 산미가 강한 건 싫다고 했더니 케냐 원두를 추천해 주었다.

주문을 하고 2층으로 올라갔다. 실내는 작은 테이블 서너 개, 바깥에는 큰 테이블이 두 개 놓여 있다. 나가 보니 특별히 볼 건 없다. 전망이 좋으면 글 쓰는 데 방해만 된다. '돈 냈으니 전기라도 써야지' 하며 노트북을 켜고 앉았다. 갑자기 "빠밤!" 하고 큰 음악 소리가 난다. 내가 좋아하는 스타일의 빠른 재즈곡이다. 요즘 말로 '내적 댄스 유발'이다. 기분이 좋아져서 '둠칫둠칫' 리듬을 타고 있으니 뒤에서 웃음이 들린다. 커피를 가져온 사장님이 나를 보며 웃고 있다. 민망해서 얼른 앉았다. 커피는 아주 진하고 맛있었다. 함께 주신 새콤한 금귤청이 커피와 잘 어울렸다.

재즈와 커피의 힘으로 한 시간쯤 글을 썼다. 그동안 2층에는 아무도 올라오지 않았다. 잠깐 일어나 허리를 펴고 몸을 푸는데 사장님이 왔다. 커피가 맛있다고 하니 한 잔 더 드릴까 묻는다. 글을 마저 쓰려면 필요할 것 같은데 가격이 부담스럽다. 잠깐 망설이자 돈은 안 내셔도 된다고 손사래를 친다. 가게를 연 지 얼마 되지 않았는데 손님들과 소통하고 싶어서 그렇다고 한다. 주시면 감사히 마시겠다고 했다. 커피 두 잔을 마시며 세 시간 동안 글을 쓰니 배가 고팠다. 오랜만에 알찬 시간이었다. 작업하기 좋은 카페를 발견해서 기분이 좋다. 곽지에 아직 5일 더 있어야 하니 그동안 자주 와야겠다.

석양이 진다

요 며칠 글쓰기에 탄력이 붙었다. 드나드는 사람들에게 관심이 생기지 않는다. 오늘은 오후 늦게 한 여자가 캐리어를 끌고 들어왔다. 대학생인 것 같다. 짐을 놓고 나와서 묻는다. 표정이 불안해 보인다. "혹시 해 지는 거 보려면 어디가 좋은지 아세요?" 지난 며칠은 동쪽에서 지냈는데 성산일출봉에서 멋진 일출을 보고 왔다고 한다. 이번에는 일몰을 보러 서쪽에 왔는데 늦게 도착해서 마음이 급한 모양이다.

생각해보니 제주도 서쪽 해안에 열흘을 지내면서 일몰을 보러 간 적이 없다. 곽지나 협재 해수욕장에 가면 좋지 않을까요, 라고 답하니 사람 많은 곳은 싫단다. 차가 없어 멀리 가기도 힘들고 시간도 없었다. 카페 D의 뒤편에 바다로 내려가는 샛길이 있고 그 끝에 정자가 있었던 기억이 났다. 검색해 보니 일몰은 19시 34분. 일곱 시쯤 함께 길을 나섰다.

15분쯤 걸어 정자로 안내하자 여자는 탄성을 뱉었다. 해수욕장에서 5분 떨어져 있을 뿐인데 고요했다. 여자는 음악을 틀었다. "Cigarettes After Sex" 라는 퇴폐적인 이름의 밴드가 부르는 몽환적인 노래였다. 조그만 카메라와 폰으로 번갈아 사진을 찍고 갯바위에 나가 물을 만지고 놀기도 했다. 혼자서 즐길 줄 아는 사람이었다. 나는 정자에 앉아 해지는 풍경을 가만히 바라보았다. 처음 만난 사람과 처음 듣는 노래를 들으며 처음 보는 노을은 아름다웠다. 혼자서는 보러 가지 않았을 풍경, 혼자가 아니어서 감사했다. 알아서 다녀오시라고 했다면 이 석양을 볼 수 없었겠지. '섹

후땡'¹이라는 이름의 밴드도 영영 몰랐을 거다. 여행은 이렇게 우연히 다가오는 사람과 순간으로 이루어진 것인지도 모른다.

* 돌아오는 길에 그녀와 인스타그램 팔로워를 맺었다. 짧은 글과 함께 일몰 사진을 올리며 태그를 걸었다. 다음날 보니 태그는 지워지고 팔로우가 끊어져 있었다. 아침 식사도 하기 전에 그녀는 이미 떠나고 없었다. 기분이 나빴다. 며칠 뒤에 남자친구가 와서 함께 여행할 거라고 하긴 했었다. 연하 남자친구는 게스트하우스에서 만난 모르는 남자가 불편했나 보다. 그럴 수도 있겠다 싶긴 한데 좀 과하다는 생각이 든다. 나는 아무 짓도 안 했는데 그냥 불쾌감을 줄 수도 있는 존재인가. 글 쓰다 불려 나와서 아무 생각 없었는데 말이다.

'흥칫뿡'이다.

---

1 나는 담배를 피우지 않는데, 흡연자들을 흥미롭게 지켜보는 편이다. 그들은 식사 후에 피는 담배를 '식후땡'이라고 부른다. '커담(커피-담배)', '소담(소주-담배)' 등 나름의 '페어링'도 있다. 살다 보면 담배가 필요한 순간이 있는지도 모른다. 복잡한 생각과 감정을 말없이 연기로 뿜어내는 모습이 가끔은 멋있거나 섹시해 보이기도 한다. 그래도 '길빵'은 정말 죽빵 날리고 싶다. 섹스 후에 피는 담배는 어떨까. 경험해본 적은 없지만 왠지 느낌 있다. 그 입으로 다시 키스를 하거나 성기를 물고 빨지만 않는다면 말이다.

오늘은 뭐하지

나를 부러워하는 사람이 많다. 이 좋은 제주도를, 돌아갈 기약도 없이 혼자 오래 여행하니까. 사람은 자신에게 없는 것을 가진 사람을 부러워한다. 나는 돌아갈 집과 직장이 있고, 함께 여행할 친구나 연인이 있는 사람이 부럽다. 자유를 원하면서도 막상 자유가 주어지면 감당하지 못하는 사람이 많다. 나도 그런 편이다. '넘쳐나는 시간'은 오히려 고통이다. 매 순간 의지와 능력을 발휘해 하루하루를 의미 있는 시간으로 채우기가 쉽지 않다. 이 여행을 통해 시간을 다루는 방법을 조금씩 배우고 있다.

자유와 비슷하지만 반대되는 말로 '방종'이 있다. 자유는 중립적이거나 긍정적인 느낌이지만 방종은 부정적인 의미로 쓰인다. 무엇이 다른지 국립국어원 표준국어대사전[1]에서 찾아보았다.

* 자유 : 외부적인 구속이나 무엇에 얽매이지 아니하고
　　　　자기 마음대로 할 수 있는 상태

* 방종 : 제멋대로 행동하여 거리낌이 없음

자유(自由)의 '말미암을 유(由)'는 등잔과 심지를 나타낸다. 자유는 스스로 불을 밝혀 앞으로 나아감을 뜻한다. 누구에게 끌려가지 않고 자신의 길을 자기가 밝히는 것이다. 누가 시킨 게 아니니 얽매일 것도 없지만 자신이 선택한 것이니 스스로 책임져야 한다. 스스로 감당하며 산다는 점에서 나는 참 '자유롭게' 사는 듯하다.

1　https://stdict.korean.go.kr/

방종(放縱)의 '놓을 방(放)'은 쟁기와 몽둥이를 나타낸다. '방치', '추방' 등 내버려 두거나 쫓아낸다는 뜻으로 쓰인다. '세로 종(縱)'은 베틀의 날실이 길게 늘어진 모습을 나타낸다. 느슨한 상태로 내버려 둔다는 뜻이다. 방종은 멋대로 하면서 책임지지 않는 것을 말한다. 자기 기분만 중요하게 생각하며 도덕과 윤리를 벗어나는 사람들이 있다.

지금 나는 자유로운 걸까 방종한 걸까. 얽매인 것도, 책임질 것도 없는 상황이니 내 멋대로 살아도 아무도 뭐라고 하지 않는다. 매일 술에 빠져 살든, 바닷가나 산속에서 노숙하든 신경 쓸 사람이 없다. 그래도 나는 그러지 않는다. 얼마 되지 않는 돈을 쥐고 어쩌면 마지막이 될지도 모를 여행을 하고 있으니까. 앞으로 나아가려면, 계속 살아가려면 이 시간을 이용해 무언가를 만들어내야 한다.

그래서 나는 글을 쓴다. 안전한 곳에 머물며 잘 먹고 많이 걷는다. 매일 책을 읽고 글을 쓴다. '작가'라고 불리는 삶을 위해 노력한다. 월요일에 쉴 수도 있지만, 일요일에 글을 쓰기도 한다. 어느덧 글쓰기는 나의 일이 되었다. 감성 돋는 카페나 인스타용 맛집보다 편하게 앉아 집중할 수 있는 곳이 더 좋다. 디지털 노마드의 삶은 생각보다 힘들다. 언제까지 이 생활을 계속할 수 있을지는 모르겠다.

그래도 내가 선택한 길이다. 이 '자유'를 마음껏 즐기자.

소풍

2주째 바다만 보고 있으니 기운이 빠진다. 도시의 활력이 필요한 것 같아 버스를 타고 제주시로 향한다. 오랜만에 여행하는 기분이 든다. 소풍이다. 3층이 넘는 건물들, 4차선 도로에 들어찬 차들, 횡단보도를 건너는 사람들을 보니 괜히 즐겁다. 맥도날드에서 점심을 먹고 투썸플레이스에 갔다. 독서 모임에서 친하게 지낸 분이 준 기프티콘이 있어 커피와 케이크를 맛있게 먹었다.[1]

시내로 나간 김에 정신건강의학과를 찾았다. 약은 아직 2주 분량이 남았지만 다음 주에는 제주시에서 더 먼 곳으로 내려갈 거라 미리 받기로 했다. 서귀포시에 언제 도착할지 모르니 약을 충분히 가지고 있어야 한다. 약이 떨어지면 잠을 못 자게 될까 봐 걱정된다. 대전에서 받아 온 처방전을 보여주자 의사는 별말 없이 약을 내줬다.

제주에서도 쿠팡맨은 바쁘다. 머리를 묶은 여성 노동자가 딸기와 물건을 들고 정신없이 계단을 오르내린다. 파란 조끼가 땀에 젖어 있다. 배송이 빠른 것은 좋지만 너무 사람을 갈아 넣는 게 아닌가 싶어 마음이 불편하다. 용두암 부근에는 전기 공사가 한창이다. 서너 명이 크레인에 올라 두꺼운 헬멧과 보호복을 입고 작업 중이다. 이 뜨거운 날씨에 얼마나 땀을 흘리고 있을까. 진지하게 일하는 노동자의 모습은 언제나 멋지다.

술집과 식당이 늘어선 거리에 '두다리'라는 꼬치 구이집이 있다. 두 다리로 걸어 나갈 수 없을 때까지 술을 마시는 곳인가 보다. 왠지 다른 상호가 생각나는 것은 기분 탓이겠지. '소은'이라는

1 Soy님 감사합니다.

예쁜 이름의 카페가 있어 시원한 커피를 한 잔 더 마셨다. 공항 근처라 비행기 뜨는 게 자주 보인다. 괜히 설렌다.

대전이나 제주나 택시 기사들이 하는 짓은 똑같다. 혼자 걷고 있으면 뒤에서 "빵!" 한다. 걷지 말고 타라는 거다. 무시하고 계속 걸으면 옆에 와서 속도를 늦추고 슬슬 따라온다. 5초 정도 더 무시하면 간다. 나는 조용히 읊조린다.

안 타요. 이 새끼야.
필요하면 내가 카카오 부를게요.
니 갈 길 가세요.

다시 버스를 타고 곽지로 돌아왔다. 확실히 나는 도시가 잘 맞는 사람인 것 같다. 에너지 충전했다. 바다가 지겨우면 가끔 시내 구경을 가야겠다.

새로운 곳으로

○ 숙소 : 아무렴제주 게스트하우스 (애월읍 / 소길리)
○ 일정 : 2020. 08. 08 ~ 08. 10 (3박)
○ 가본 곳 : 금오름
 - 카페 : 요유나, 예쁘다애월, 카페소금, 더앨리
 - 식당 : 돈카츠서황, 모리노아루요, 참좋은해물라면

숙소를 옮기는 날이다. 곽지 해수욕장에서 산 중턱의 소길리로 가야 한다. 택시비가 부담스러워 버스를 타기로 한다. 커다란 캐리어와 작은 캐리어, 노트북 가방에 긴 우산까지 짊어졌다. 내 꼴을 본 기사님이 내려서 짐칸을 열어준다. 제주도 버스는 출입문이 앞에 하나뿐인 경우가 많다. 좌석버스처럼 통로가 좁고 의자가 빼곡히 들어차 있다. 정류장에 멈추면 사람이 내리고 나서 타야 한다. 여행객과 노인이 많아서 그런지 다들 기다림에 익숙해 보인다. 커다란 캐리어를 들고 낑낑대거나 지팡이를 짚고 천천히 내리는 사람을 가만히 기다려준다.

'중엄리'라는 낯선 정류장에 내렸다. 지금은 오전 10시. 오후 4시에 픽업하러 올 때까지 6시간을 여기서 버텨야 한다. 근처 카페와 맛집을 검색했다. 구엄포구 근처에 소금커피를 파는 곳이 있다. 신기하니 가봐야겠다. 멀지는 않은데 짐이 문제다. 캐리어 두 개를 끌고 20분을 걷는 무리다. 팔도 아프지만 바퀴가 부서질지도 모른다는 게 더 큰 문제다. 아직 여행의 초반인데 캐리어가 망가지는 것은 정말 대형 사고다. 조심해야 한다.

주변을 둘러보니 문을 연 철물점이 보인다. 망설이다 안으로 들어갔다. 아주머니 한 분이 나온다. 어렵게 말을 꺼냈다. "제가 여행하는 중인데 짐이 많아서요. 여기 잠시만 맡겨두고 좀 다녀와도 괜찮을까요? 서너 시간만 부탁 좀 드리려고 하는데…." 밝은 표정은 아니지만 매몰차게 거절하지도 않는다. 물건이 들어찬 가게에 캐리어를 두니 통행에 방해가 되어 안쪽의 살림집 거실에 놓고 나왔다.

　가벼워진 몸으로 걸어서 카페에 갔다. 안마당에는 커다랗고 복슬복슬한 개가 있다. 문 가까이 갔더니 왕왕 짖는다. 주인이 목덜미를 잡고 옆으로 이끈다. "들어오시면 안 짖어요. 밖에 계시면 계속 짖어요. 얼른 들어오세요." 문을 넘어 들어가니 개가 입을 다문다. 슬금슬금 옆으로 와 몸을 비빈다. 쓰다듬어주니 발라당 몸을 뒤집는다. 귀엽다. 소금커피는 커피 위에 크림 같은 거품이 얹어져 나온다. 거품에서 짠맛이 난다. 이상할 것 같은데 의외로 맛있다. 양이 적어 아메리카노를 한 잔 더 시킨다.

　김동률 노래가 연달아 나온다. 책들은 책장에 꽂혀 있지 않고 바닥에 쌓여 있다. 몇 권 들춰봤지만 끌리는 책이 없어 노트북을 꺼내 글을 조금 쓴다. 다른 손님이 오자 개가 짖는다. 가게 안으로 들어오니 또 잠잠해진다. 신기하다. 자신의 영역 밖에 있으면 적, 안으로 들어오면 친구라고 여기는 것 같다. 사람은 너무 가까이 가면 불편해하고 경계하지 않나. 혼자 와도 혼자가 아닌 게 여행이다. 또 낯선 사람들과 적절한 거리를 찾는 연습을 해야 한다. 철물점에 맡겨둔 짐을 찾아 낯선 차를 타고 새로운 숙소로 간다.

현자타임

제주도로 온 지 열흘 만에 '현타'[1]가 세게 온다. 사람들 모두 친구, 연인, 가족과 함께 놀러 오는 곳에서 나 혼자 뭐 하고 있는 건지 모르겠다. 집도 없고 직업도 없는 나는 뭐 하는 사람일까. 돌아갈 곳 없이 게스트하우스를 전전하는 이 생활을 뭐라고 불러야 하나. 이것은 여행이 아니다. 나는 부랑자, 방랑자다. 이런 신세가 된 내가 한심하고 불쌍하다. 자기연민은 나의 오랜 벗이다.

이런 기분이 드는 것은 게스트하우스에서 만난 사람들 때문이다. 스물다섯에 세무사 시험에 붙어 본격적으로 일하기 전에 놀러 왔다는 여자, 수산물 유통 사업을 해서 한 달에 2, 3천만 원씩 번다는 남자, 잘생긴 얼굴과 바텐더라는 직업으로 여자들의 관심을 독차지하는 남자를 보며 열등감에 빠진다. 나도 33년 동안 나름의 인생을 살아왔지만 이럴 땐 내세울 만한 게 없다.

아빠한테 맞고 자라서 트라우마 생기고 우울증 걸린 썰? 대학생 때 방황한 썰? 대학원은 포기하고 회사도 그만둔 썰? 주식으로 돈 다 날린 썰? 아파트 보증금 빼서 여행하고 있는 썰? 고자도 아닌데 8년째 연애 못 하고 있는 썰?[2] 처음 만난 사람들 앞에서 풀어놔봤자 분위기만 싸해질 뿐이다. 내 얘기로는 도저히 관심과 호감을 얻을 수가 없다. 그래서 나는 입을 다문다. 신나서 떠드는 이들의 입을 바라보며 패배감에 젖는다.

---

1 현자타임 : 자위나 섹스 후에 밀려드는 짙은 허무함 속에 인생무상을 느끼는 상태를 뜻하는 말. 주로 남자들이 사정 후에 세상의 모든 지혜를 깨달은 듯한 느낌이 드는 것을 '현자가 된 것 같다'고 표현한 것에서 유래했다. 최근에는 성적인 의미를 넘어서 '자신의 비루한 현실을 깨닫고 자괴감에 빠지는 상태'를 뜻하는 '현실 자각 타임'으로 의미가 변했다.

2 이 모든 썰을 〈마음난리〉에 자세히 풀어놓았습니다. 한 권만 사주세요.

물론 여행에서 만나는 사람들의 말은 가려서 들을 필요가 있다. 신분증이나 재직증명서를 확인하지 않는 이상 이름, 나이, 지역, 직업은 얼마든지 속이거나 감출 수 있다. 처음 만난 사람들을 속여서 얻을 게 없으니 '거짓말은 아니겠지' 생각하는 것뿐이다. 관심을 끌기 위해 직업이나 배경을 속일 수도 있기는 하겠다. 한 번쯤은 꾸며낸 정체성과 이야기를 늘어놓고 사람들의 반응을 보고 싶기도 하다. 아무튼 처음 만난 사람의 말은 어디까지 믿을 것인지 신중할 필요가 있다.

내가 자초한 실패, 내 손으로 날려버린 돈과 기회. 붙잡고 싶었지만 포기해야 했던 것들. 결국 내 목을 조르고 있는 것은 나다. 돈 떨어지면 죽어야겠다. 답은 그것밖에 없다. 끝은 정해져 있다. 떠드는 사람들을 보며 결론을 재확인한다.

나의 세계는 타인의 세계보다 우월할 수 없고 반대의 경우 또한 마찬가지다. 마음속으로 우월감을 느낄 수 있을지 몰라도 그것은 오로지 개인의 느낌일 뿐이다. 실제로는 그 누구도 우월할 수 없다. 우리에게 필요한 것은 비교가 아니라 만족이다.

- 최유수, 〈무엇인지 무엇이었는지 무엇일 수 있는지〉,
디자인이음, 2017. 86쪽

기다림과 거절

대전을 떠나기 직전에 인상 깊게 읽은 에세이가 있다. '드로잉 아티스트' 성립의 〈생각하는 오른손〉이라는 책이다. 일단 제목이 좋았다. 그림 그리는 사람은 손으로 생각을 하겠구나.[1] 표지도 좋았다. 굵은 펜으로 무심히 그은 듯한 선이 사람의 형체를 나타내는 것이 멋있었다. 그는 이러한 그림체를 완성하기 위해 수만 장의 드로잉을 했다고 한다.

대체로 남성적이면서 고독한 느낌의 작품이 많다. 글에도 우울과 외로움이 드러난다. 내 글에 그의 그림을 붙이면 잘 어울릴 것 같다는 생각이 들었다. 표지나 내지에 삽화를 넣어보면 어떨까. 찾아보니 그가 표지를 그려준 책이 여러 권 있었다. 같이 작업을 하고 싶어졌다. 무턱대고 메일을 보내보기로 했다.[2] "'남성, 우울, 외로움, 자기연민'이라는 키워드로 에세이를 쓰고 있는데 작가님 작품에서 느껴지는 울림이 있어 함께 작업하고 싶다." 고 메일을 보냈다.

이력이 화려하다. 샤이니, 레드벨벳 등 아이돌 뮤직비디오에 그의 그림이 들어갔다. 인스타그램 팔로워가 5만 명에 육박하는 인기 작가다. 서울에서 단독 전시회도 열어 5천 명이 그의 작품을 보러 왔단다. 그와 같이 작업을 할 수 있다면, 그의 이름과 작품을 통해 사람들의 관심을 끌 수 있다면 좋겠다.

---

[1] 키보드를 두드리다 보면 머리가 아니라 손이 생각하는 듯한 느낌이 들 때가 있다. 머리는 복잡한데 손가락이 저절로 움직여 문장을 만들어내면 깜짝 놀란다. "뭐야 이거? 이런 문장이 어떻게 나왔지?!"

[2] 이때는 첫 책의 제목을 〈샤이닝〉으로 생각해두고 있었다. '샤이닝'은 자우림 6집(2006)의 수록곡 제목이다.

팔로워 5만 명 중에서, 관람객 5천 명 중에서 500명만 내 책을 사 줘도 성공이다. 내 글이 아니라 그의 그림을 보기 위해서라 하더라도 말이다. 지금은 나를 새로운 세계로 이끌어 줄 사람이 필요하다. 많은 것들을 내 손으로 직접 해나가야 하겠지만 타인에게 받을 수 있는 게 있다면 최대한 도움을 받고 싶다. 나는 절박하다. 뭐든지 붙잡고 싶다.

사흘 만에 답장이 왔다. 본인도 따로 책을 낼 예정이라 글은 못 싣지만 그림 작업은 함께 해보는 쪽으로 일정을 맞춰보자고 한다. 구체적으로 계약을 논의하자고 바로 메일을 보냈는데 또 답이 없다. 일주일 넘게 답이 없어 메일을 여러 통 보냈다. 일주일이 더 지나서야 답장이 왔다. 자신은 소속된 회사가 있고, 여러 회사와 조율 중인 건들이 많아 새로운 작업을 시작하기가 힘들다고 한다. 아무것도 아닌 나 같은 사람에게 시간과 에너지를 쓰고 아티스트와 회사가 얻는 게 없다는 판단을 내린 듯하다. 한 마디로 돈이 안 된다는 거겠지. 그렇게 그와 연락이 끊어졌다.

나를 거절한 후 그는 '프라다PRADA'와 콜라보를 했다. 지금도 그의 그림은 잘 나간다. 그는 자신만의 예술 세계를 구축하여 더 넓은 세상으로 나아가고 있다. 아쉽지만 응원과 축하를 보낸다. 유명한 누군가에게 같이 일해보고 싶다고 연락을 보낸 것 자체로 좋은 경험이 되었다. 나도 잘 팔리는 작가가 되어야지. 언젠가는 그가 나에게 먼저 연락하도록. 작가로서 두 번째 꿈이 생겼다.[1]

1 첫 번째는 〈겨울서점〉 김겨울님과 인터뷰를 하는 것이다.

지금이 아닌 언젠가
여기가 아닌 어딘가
나를 받아줄 그곳이 있을까

가난한 나의 영혼을
숨기려 하지 않아도
나를 안아줄 사람이 있을까

목마른 가슴 위로 태양은 타오르네
내게도 날개가 있어 날아갈 수 있을까

별이 내리는 하늘이 너무 아름다워
바보처럼 나는 그저 눈물을 흘리며 서 있네

이 가슴속의 폭풍은 언제 멎으려나
바람 부는 세상에 나 홀로 서 있네

풀리지 않는 의문들
정답이 없는 질문들
나를 채워줄 그 무엇이 있을까

이유도 없는 외로움
살아있다는 괴로움
나를 안아줄 사람이 있을까

목마른 가슴 위로 태양은 타오르네
내게도 날개가 있어 날아갈 수 있을까

별이 내리는 하늘이 너무 아름다워
바보처럼 나는 그저 눈물을 흘리며 서 있네

이 가슴속의 폭풍은 언제 멎으려나
바람 부는 세상에 나 홀로 서 있네

지금이 아닌 언젠가
여기가 아닌 어딘가
나를 받아줄 그곳이 있을까

- 자우림 6집(2006), 〈샤이닝〉

헛된 기대

이번에 옮긴 게스트하우스는 하루에 여섯 명만 받는 곳이다. 남자 셋, 여자 셋, '하트 시그널' 분위기다. 오후가 되자 그날의 손님들이 모인 단톡방이 열린다. 근처에 먹을 게 없으니 시간 맞는 사람들은 만나서 먹고 오란다. 일찍 입실한 사람들은 스탭[1]이 차에 태워 식당으로 데려다준다고 한다. 6시에 6명이 다 모였다. 밥을 먹으면서 간단히 인사를 나눴다. 들어오는 길에 편의점에 들러 술과 안줏거리를 사 왔다.

여기는 대화하는 게 목적인 숙소다. 보름 동안 입 다물고 글만 썼으니 나도 좀 풀어지기로 한다. 간단히 씻고 거실로 모인다. 일단 자기소개를 한다. 직업을 밝히며 명함을 돌리는 사람도 있다. 교사, 자영업, 전문직 등 다양하다. 대부분 짧게 휴가를 내서 왔다. 다른 업종을 신기해하며 궁금한 점을 묻는다. 각자의 고민을 들으며 고개를 끄덕인다. 내 차례가 되었는데 딱히 할 말이 없다. 내가 직장에 소속되었던 것은 1년 전까지의 일이다. 집도 없고 직업도 없이 돌아다니는 지금의 내 상태는 설명이 힘들다. "퇴사하고 쉬러 온 김에 글 쓰고 있다"고, 이해하기 쉬운 버전으로 이야기한다. 편도 티켓만 끊고 와서 오랫동안 여행한다고 하면 다들 부러워한다. 에세이를 쓰고 있다는 말에도 멋있다는 말이 따라온다. 나는 돌아갈 집과 회사가 있는 그들이 부럽다. 차마 이 말은 할 수 없어 속으로 삼킨다.

---

1 staff. 게스트하우스에서 접객, 청소, 운전 등을 돕는 사람. '스태프'라고 써야 하지만 보통 '스탭'이라고 읽고 쓴다. '스텝'이라고 쓰면 step이 되니 주의.

각자 좋아하는 노래를 한 곡씩 틀어보기로 했다. 타인의 취향이 궁금해서 유심히 들었다. 누구는 야구 응원가를 틀었다. 내 차례가 되었다. 아주 유명한 가수의 히트곡을 틀었는데 아무도 반응이 없다.[1] 고작 6명이 둘러앉은 자리에서 옆 사람과 애기하느라 다들 바쁘다. 이 노래를 왜 좋아하는지 애기하며 관심을 받고 싶었는데 뜻대로 되지 않는다. 혼자 품었던 기대와 희망은 좌절로 바뀐다. 내가 고른 노래는 무의미한 소음으로 전락한다. 타인은 지옥이다. 타인에게는 내가 어찌할 수 없는 자유의지가 있다.

나 같은 사람은 나밖에 없다는 것을 다시 확인한다. 나와 같은 상처, 같은 취향, 같은 감성을 가진 사람을 만나는 것은 불가능한 일일까. 나와 비슷한 시기에 비슷한 환경에서 비슷한 아픔을 겪은 사람이 어딘가에 분명히 있지 않을까. 예전부터 이해가 안 됐다. 나랑 똑같은 사람을 만나면 재미없지 않겠냐는 말. 나는 나 같은 사람을 찾아 헤매고 있다.[2]

기대는 실망을 낳는다. 오늘 하루도 헛되이 지나간다. 내일이라고 달라질 것 같지는 않다. 나는 무슨 희망을 품고 이곳을 3박이나 예약했을까. 나는 외톨이다. 혼잣말하는 사람이다. 이 사실은 어딜 가도 달라지지 않는다.

---

1 내가 고른 곡은 Maroon 5의 'Maps'였다. 슬픔과 분노를 드러내는 노래라 좋아한다. 가사를 인스타그램 프로필로 해 놓았다. "I Miss the Taste of Sweeter Life. (달콤했던 삶이 그리워.)" 내 삶은 달콤해 본 적이 없으니 '그립다'는 말은 성립이 안 되지만 말이다.

2 나는 오랫동안 우울 속에서 살아 온 사람이다. 긍정적이고 활기차고 발랄한 사람에게는 본능적으로 이질감을 느낀다. 그런 사람을 앞에 두면 열등감과 질투심에 빠진다. 그래서 나는 나 같은 사람을 찾는다.

바람이 분다

둘째 날 아침, 사람들과 함께 '금오름'에 갔다. 갈 생각이 없었지만 다들 가는 분위기라 따라나섰다. 주차장에 차를 대고 20분쯤 올라가니 정상이 나왔다. 언덕 아래 작은 못이 있다. 완만한 비탈에는 말 몇 마리가 풀을 뜯고 있다. 오전인데 사람이 꽤 많다. 사람들은 조심스레 말 가까이 가서 사진을 찍는다. 둘레를 따라 걸음을 옮길 때마다 반대편 풍경이 달라지는 게 신기하다. 오름은 처음인데 막상 와 보니 좋다. 혼자서는 안 가더라도 사람들 따라서 갈 일이 있으면 가 봐야겠다.

숙소로 돌아오니 할 게 없다. 가까운 카페는 쉬는 날이다. 스탭이 청소하는 동안 마당에서 '바람멍'을 하기로 한다. 기다란 캠핑 의자에 비스듬히 누워 신발과 안경을 벗고 온몸으로 바람을 맞는다. 눈을 감으니 귀가 열린다. 매미 소리, 이웃의 망치질 소리, 멀리 지나가는 차 소리, 가까이 날아드는 날벌레 소리가 들린다. 눈을 오랫동안 감았다 뜨니 색이 훨씬 선명하게 보인다. 초록 잔디와 파란 하늘, 흰 구름이 또렷이 보여 기분이 좋다. 좋은 곳, 좋은 날이다. 어쨌든 나는 지금 남들이 부러워하는 생활을 하고 있다. 가끔은 기분도 내봐야겠다.

밤에는 면접 보는 꿈을 꿨다. 계속 직장인들과 얘기를 나눠서 그랬나 보다. 직종이 뭐든 나는 '직업'이 있다는 사실 자체를 부러워하고 있으니까. 며칠 전에는 대전 일자리 지원센터에서 전화가 왔다. 예전에 등록해 둔 내 이력서를 보고 연락했단다. 조건이 맞는 채용 건이 있는데 지원해 보겠느냐 묻길래 메일로 보내달라고 했다. 채용공고를 살펴보니 나쁘지 않다. 신재생에너지 관련 중소기업에서 R&D 사업계획서 작성에 3년 이상 경력이 있는 사람을 뽑는단다. 팀장급 정규직에 연봉도 내가 받았던 것보다 더 높게 제시하고 있다.

당황스럽다. 다 버리고 떠나왔는데 다시 그쪽의 자리가 보이다니. 서류를 내고 면접을 보러 가야 하나. 캐리어를 끌고 갈 수는 있겠지만 뽑힌다는 보장이 없다. 면접에 입고 갈 옷도 없다. 싸구려 양복은 전부 버렸고 넥타이는 선물로 나눠줬다. 지금 내 가방엔 후드티와 롱패딩, 운동화밖에 없다. 뽑혀도 문제다. 겨우 2천여만 원 들고 내려와서 잔액도 점점 줄어드는데 이 돈으로 다시 집을 구하는 건 무리다.

나는 지금 뭘 하는 걸까. 글을 쓰고 책을 팔아서 부자가 될 가능성은 거의 없다. 나는 그저 뭐라도 뱉어낸 후 빨리 '끝'[1]을 보고 싶을 뿐이다. 남들의 책을 읽을 때 느껴지는 이질감과 불편함은 바로 거기서 비롯된다. 내 글에는 생에 대한 의지가 없다. 사랑, 사람, 가족, 친구, 일, 꿈, 여행, 취미. 그런 것들은 내 관심사가 아니다. 나는 살고 싶어서 글을 쓰는 게 아니다. 나는 유서를 쓰고 있는 거다. 그래서 나는 힐링이나 위로, 팔자 편한 사랑 타령 따위는 한 글자도 적을 수 없는 거다.

다시 살아보기 위해 돌아가야 하는 걸까. 아니면 끝이 보이는 절벽을 향해 계속 걸어가야 하는 걸까. 모르겠다.

---

1 "난 내 삶의 끝을 본 적이 있어. 내 가슴 속은 갑갑해졌어. 내 삶을 막은 것은 나의 내일에 대한 두려움" – 서태지와 아이들, 〈Come Back Home〉

자기만의 방

○ 숙소 : 레이지템플(Lazy Temple) 게스트하우스 (한경면 / 판포리)
○ 일정 : 2020. 08. 11 ~ 08. 25 (15박)
○ 가본 곳 : 판포포구
 – 카페 : 울트라마린, 닐스, 원웨이, 우유부단
 – 식당 : 돌담너머바다, 판포미인, 양가형제
 – 책방 : 소리소문

네 번째 게스트하우스에 도착했다. 판포리에 있는 이곳은 글, 그림, 음악 등 창작 활동을 하는 사람들의 작업실 같은 숙소다. 1인실이 4개, 정원이 네 명이다. 최소 2박부터 예약할 수 있으며 오래 묵을수록 가격이 싸진다. 4인실, 3인실, 2인실을 거쳐 드디어 1인실이다. 묵직한 책장을 옆으로 밀면 방이 나타난다. 침대 하나와 책상 하나. 지금 나에게 필요한 것은 이게 전부다. 밀폐가 되지 않아 방음은 전혀 안 된다. 어차피 남의 집이다. 며칠 손님으로 지내다 가는 곳이니 내 집만큼 편할 수는 없다. 아, 내 집. 나도 집이라는 게 있었는데. 잃고 나니 소중함을 크게 느낀다. 살면서 다시 내 집을 가질 수 있을까. 40만 원 주고 얻은 15일짜리 방에 앉아 조금 울었다.

청소 시간에 나가지 않아도 되는 것은 엄청난 장점이다. 소란한 카페를 전전할 필요가 없다. 책이 많다. 가벼운 책보다는 집중해서 읽어야 할 무거운 책들이 꽤 있다. 4인용 식탁이 놓인 공용 공간부터 2층 창가의 바 테이블까지. 어디든 책과 노트북을 펴고 앉을 수 있다. 대전에서 고이 모셔 온 컵을 꺼내커피를 내려 마시며 보름 동안 읽을 책들을 골랐다.[1]

한 집에 딱 네 명만 있다 보니 타인의 취향을 눈여겨보게 된

---

[1] "하늘이 하고 싶은 거 다 해!" 라고 적혀 있는 하얀 머그컵이다. 독서 모임의 한 분이 모든 모임원의 이름을 적은 컵을 주문 제작하여 나눠 주었다. 사람이 나갈 때마다 롤링페이퍼, 사진액자 등 마음이 담긴 선물을 준비한 '이벤트 장인'이다. 그는 내가 제주로 간다고 하자 손편지를 주었다. "서하늘 작가님의 첫 작품 초판이 엄청나게 구하기 힘들다고 해서 미리 값을 지불합니다." 라고 적힌 편지 아래에 무려 100만 원짜리 수표가 붙어 있었다. 엄청난 남자다. Jason님, 감사합니다.

다. 생긴 게 다른 만큼 일상을 살아가는 방식도 제각각이다. 누구는 라디오로 클래식을 들으며 과일을 먹고, 누구는 유튜브를 보고 낄낄대며 시리얼을 먹는다. 아침에 동그랑땡과 호박전을 부치고 저녁에 삼겹살을 구워 먹는 사람도 있다. 스타벅스 원두를 챙겨와서 내려 먹는 사람이 있고, 스틱커피를 후루룩 마시고 나가는 사람도 있다. 나는 평생 나 자신과 살았을 뿐인데, 이렇게 다양한 삶의 모습이 있다는 게 새삼 신기하고 재밌다.

며칠 사이에 에세이 초고를 완성했다. 〈샤이닝〉으로 생각하고 있던 제목을 〈마음난리〉로 바꿨다.[1] 독립출판의 필수 툴이라는 '인디자인'이라는 프로그램을 설치했다.[2] 글만 쓰면 되는 줄 알았는데 직접 디자인까지 해야 하다니. 미술적 감각이 워낙 부족해서 자신이 없다. 시험 삼아 표지를 한 번 만들어 보았다. 내가 만들고도 어이가 없어서 낄낄 웃는다. 표지를 이렇게 해 놓으면 이걸 누가 살까 싶다. 친구들에게 보여주니 말없이 웃음만 오간다. 그래도 괜찮다. "하늘이 하고 싶은 거 다 해!" 괜히 삽화를 넣겠다고 작품을 샀으면 돈은 돈대로 쓰고 더 망쳤을 것 같다. 내 손으로 직접 만들면 어설퍼도 뿌듯함은 남겠지. 디자인은 집어치우고 글씨체라도 예쁜 걸 써야겠다. 무료 폰트를 찾아보니 많이 나온다. 잘 활용해봐야겠다.

---

1 〈마음난리〉는 MC Sniper 3집(2004) 앨범 수록곡이다. '마음에 난리가 났다'는 표현이 내 상태를 잘 말해주는 것 같아 따 왔다.

2 딥박 작가님이 인디자인을 활용하면 누구나 책을 만들 수 있다고 알려주었다. 한 달에 24,000원을 내야 한다. 1년 이용료를 결제하고 노트북에 설치했다. 책을 몇 권을 팔아야 본전을 뽑을 수 있을지 모르겠다. 책으로 돈을 벌겠다는 건 아무래도 미친 짓인 것 같다.

게으른 일상

네 명이 쓰는 공간. 먼저 일어난 사람이 커피를 내리는 소리에 잠이 깬다. 잔잔하게 퍼지는 커피 향과 스피커로 울리는 음악 소리가 좋다. 커피 한 잔을 얻어 마시고 아침 산책을 하러 간다. 밤에는 보지 못한 골목들로 들어가 본다.

장년의 남자 둘이 개를 한 마리씩 끌고 천천히 걷고 있다. 한 명은 어깨에 꽤 비싸 보이는 캐논 카메라를 메고 있다. 머리가 벗어지고 희끗희끗하지만 거칠게 살아 온 사람들 같지는 않다. 개들도 목줄을 하고 미용을 한 모양새를 보니 아끼는 반려견인 듯하다. 앞에서 차가 오니 양옆으로 비켜서 얌전히 엎드려 기다린다. 주인을 닮아 세련된 태도를 갖췄다. 저렇게 보기 좋게 나이 들기가 쉽지 않다. 취미와 취향이 같은 친구나 동반자를 만나 함께 늙어갈 수 있다면 살 만한 인생일 것 같다. 노인이 된 내 모습을 그려 본 적이 없는데, 저런 노년이라면 살아보고 싶어진다.

길에는 죽은 매미가 떨어져 있다. 죽은 걸 아는데도 소름 끼친다. 잠자리도 많이 날아다닌다. 사람을 피해 날긴 하지만 갑자기 나에게 와서 부딪칠까 봐무섭다. 어릴 때 잠자리를 두 손가락 사이에 끼워 잡아본 적이 있다. 셀로판지보다 거친, 날개의 버석거리는 느낌이 싫었다. 살고 싶어 다리를 버둥대는 것도 끔찍했다. 곰팡이 가득한 반지하에 살았던 때, 손가락 두 개만 한 바퀴벌레가 살충제를 맞고 나에게 날아들었던 적이 있다. 머리가 쭈뼛 서며 온몸에 소름이 돋았다. 비명을 지르며 도망쳤다. 게스트하우스에서도 바퀴벌레를 한 번 봤다. 깨끗한 아파트가 그립다.

낮에는 사람들과 차를 타고 나갔다. 옛날 마을회관을 리모델링한 수제버거집에서 40분을 기다려 초코파이만 한 버거를 먹었다. 버거킹이 그리웠다. 역시 나는 맛보다 양이 중요하다. 인스타그램에서 유명한 책방에 갔다. 독립출판물은 거의 없었다. 어디서나 구할 수 있는 책들뿐이라 그저 그랬다. 같이 간 사람은 키워드만 보고 사는 '블라인드 북'을 샀다.

더워서 아이스크림을 먹으러 갔다. 목장에서 짠 우유로 만든다는데 깔끔하고 맛있었다. 날이 뜨거워 받자마자 녹기 시작하길래 사진도 안 찍고 그냥 먹었다. 넓지 않은 카페를 차지한 꼬마들은 하얗게 물든 혀를 날름거리며 시끄럽게 떠들었다.

나오는 길에 울타리 안에 있는 말들을 봤다. 차를 천천히 움직이며 사진을 찍는데 앞뒤 차들도 모두 기어가고 있었다. 모두 같은 모습을 보고 찍고 있었겠지. 운전하시는 분이 말한다. "여행 왔으면 이런 건 천천히 봐야죠. 여기서는 빨리 갈 필요가 없는 것 같아요."[1]

맞는 말이다. 나는 왜 여기서까지 속도와 효율을 생각하고 있는가. 얼른 책을 내서 빨리 팔아야 한다고만 생각했다. 작업 속도를 내지 못하는 나를 비난하고 한심해했다. 그럴 필요가 있나. 천천히, 때로는 빠르게. 그저 내 속도로 가면 된다.

계속 걸어가 보자.

---

1 좋은 말씀 해 주신 홍수미님 감사합니다.

원점으로

인스타그램에 원고 마무리 소식을 올렸더니 한 출판사 대표가 메시지를 보내왔다. 계속 지켜보고 있었는데 본격적으로 출판에 들어가기 전에 도움을 주고 싶다고 한다. 글을 보고 의견을 주겠다고 해서 완성된 초고를 보냈다. 며칠 후 전화가 와서 긴 통화를 했다. 그의 의견은 이렇다.

"이건 에세이가 아니라 일기다. 혼자 하고 싶은 말만 늘어놓은 독백이다. 명확한 타겟 독자층이 없다. 전하고자 하는 메시지도 없다. 당신의 아픈 과거에 아무도 관심 없다. 사람들은 책에서 위로나 도움을 받고 싶어 한다. 읽고 힘들어지는 책은 안 산다. 독자들은 보는 것만 본다. 요즘 잘 팔리는 책을 분석하고 그렇게 써라. 마지막으로, 돈 내면 책 내준다는 출판사에 사기당하지 마라."

감사하다 말하고 전화를 끊었지만 한숨이 나왔다. 다 맞는 말인데 아프고 슬프다. 한 시간을 울다 잠들었다. 나는 끝없는 실수와 실패 속에 살아왔다. 몇 번이고 삶을 포기하려 했었고, 이제 진짜 벼랑 끝에 몰려 있다. 돈 떨어지면 죽는다는 말은 허언이 아니다. 고독사와 아사는 현실적인 단어다.

가장 큰 문제는 이거다. 사람의 마음을 움직이는 방법을 내가 전혀 모른다는 것. 내가 모르는 것을 글로 쓸 수는 없다는 것. 내 실패를 늘어놓는 것으로는 누구의 마음도 움직일 수 없단 말인가.

내 안에 없는 희망을 어떻게 쓰란 말인가.

책을 만들려는 이유를 다시 생각해본다. 책으로 돈을 벌 수 있으면 좋겠지만 단번에 성공할 리가 없다. 얼마간 적자를 보더라도 어쩔 수 없다. 일단 내 안에서 썩어가는 것들을 한 번 뱉어내는 것이 나에겐 무조건 필요하다. 비워야 다시 채울 수 있다. 썩은 뿌리를 뽑아내야 다시 무언가를 심을 수 있다. 언제나 그래왔듯 혼잣말이 될지라도, 나는 이것을 해야 한다.

나는 이런 사람이다. 조언을 들어도 방법이 보이지 않으면 내식대로 할 수밖에 없는 거다. 실패도 책임도 내 것이다. 절망을 거짓 희망으로 포장하지 말자. 쓰레기더미에 색을 칠하고 향수를 뿌린다고 해서 꽃다발이 되지는 않는다. 남에게 잘 보이기 위해서가 아니라 나를 가장 정확하게 표현하기 위해서 글을 고치자.

다시. 시작이다.

배우에게 배우다

게스트하우스로 며칠째 택배가 밀려든다. 햇반, 생수 같은 식료품과 슬리퍼 등 잡다한 물건이다. 거실 한쪽에 쌓여가는 상자를 보며 고개를 갸웃거리고 있으니 사장님이 오늘 올 장기숙박 손님 것이라고 한다. 아, 다 가져오면 짐이 되니 미리 보내놓는구나. 좋은 방법이다. 여행의 지혜를 배운다.

오후 네 시, 한 여자가 문을 열고 들어온다. 첫 방문이 아닌 듯 사장님과 친숙한 대화를 나눈다. "택배가 계속 왔어. 뭘 이렇게 많이 보낸 거야?" "아, 좀 많죠? 제가 맥시멀리스트라서요! 꺄하핫!" 웃음소리가 명랑하다. 사장님이 짐을 들어주려다가 내려놓는다. 무거운가 보다. 여자가 웃으며 캐리어를 들고 2층으로 올라간다. 방문을 여닫는 묵직한 소리가 들리더니 잠시 후 테이프 뜯는 소리가 들린다. 택배를 열기 시작했나 보다.

해 질 무렵이 되어서야 내려온 그녀가 편의점에 가려는데 필요한 게 있냐고 묻는다. 돌아오는 길이 어두울 듯하여 같이 나섰다. 나란히 걸으며 애기를 나눴다. 프리랜서로 일하고 있는데 프로젝트 하나를 끝내고 쉬러 왔다고 한다. 나는 15박인데 이 사람은 30박이다. 작년에 왔는데 너무 좋아서 계속 그리워하고 있었다고. 사람들에게 한 달 동안 찾지 말라고 해두고 짐을 싸서 왔단다.

책을 만들어야 하는데 디자인이 어렵다고 하니 자기가 한 번 봐주겠단다. 마침 편집디자인 일을 하고 있다고 한다. 나로서는 행운이다. 고마운 제안에 그녀 몫의 맥주를 내가 사기로 한다. 그녀는 내게 빙수를 사주었다. 흑임자빙수를 떠먹으며 돌아오는 길은 어두웠다. 숙소에 도착해 옥상에 올라갔다. 드문드문 별이 보였다. 주변은 어두운데 멀리 낚싯배들이 내뿜는 불빛이 밝았다.

맥주를 마시며 내가 만든 표지를 보여줬다. 〈마음난리〉라고 적힌 제목을 보더니 "정말 난리가 났네요! 꺄하하!" 웃는다. 판형은 작게 잡았는데 글자를 크게 하면 인쇄했을 때 어색하고 조잡해 보일 거라고 한다. 제목과 날개, 본문의 글씨 크기를 모두 두세 단계씩 낮춰보란다. 시키는 대로 했더니 훨씬 깔끔해 보인다. 역시 디자인은 센스가 있어야 한다. 이것저것 물어보고 싶은 게 많지만 쉬러 온 사람에게 일을 시킬 수는 없어 물러난다. 그래도 큰 도움이 되었다.[1]

맥주를 마시고 방으로 들어왔다. 침대에 누워 인스타그램을 보다가 그녀의 이름을 검색했다. 흔하지 않은 이름이라 쉽게 찾았다. 팔로우를 하고 사진을 훑어봤다. 카메라 앞에 선 모습과 모니터하고 있는 사진들이 눈에 띈다. 유튜브에 영상을 올렸다는 글이 있어 찾아봤다. 이럴 수가. 그녀는 배우다. 독립영화 몇 편에 출연했고 직접 연출도 하는 듯하다. 큰 눈과 또렷한 코, 안정적인 발성과 풍부한 표정까지. 잘 어울린다.[2] 도움을 줘서 고맙다고 메시지를 보내고 눈을 감았다. 신기한 만남이다.

---

1 지잉지잉님 감사합니다.

2 내가 가장 신기하게 생각하는 직업이 배우다. '내가 아닌 다른 무엇이 됨으로써 내가 된다는 것'은 나로서는 상상할 수 없는 일이다. 나는 선이 흐리고 표정이 없어서 화면발이 도무지 안 받는다. 연기는 할 줄도 모르지만 하고 싶지도 않다. 나는 나로서 살아야 하는 인간이다. 내가 나인 게 지긋지긋하지만 어쩔 수 없다. 거짓말과 연기는 내가 넘볼 수 없는 능력이다.

어느 3월의 주말에
친구로부터 한 여자를 소개받기로 한다
이름은 낯설지만
이따금씩 작은 영화에 나온다는 그녀

궁금증을 못 참고서
그녀를 담은 작품을 몇 편인가 찾아낸다
늦은 밤 턱을 괴고
나와는 별 인연이 없던 세상을 본다

아, 모르는 사람을 본다는 것이
이리 가슴 뛰는 일이었는지
난 내 무릎을 안은 채 웅크린다
마치 영화관에 처음 갔을 때처럼
귀 기울여 듣게 된다 눈 여겨 보게 된다
너무 빨리 지나간다 그러다 툭 멈춘다

아, 모르는 사람을 본다는 것이
이리 가슴 뛰는 일이었는지
난 내 손톱을 뜯으며 시계를 본다
마치 오디션장에 가는 것처럼

어느 3월의 주말에

그녀는 내게 정말 말씀 많이 들었다면서

묘한 웃음을 짓고

갑자기 내 얼굴에 눈부신 조명이 비춘다

- 가을방학, 〈여배우〉

태풍 바비

태풍이 온다. 게스트하우스의 사장님이 잔뜩 긴장한다. 제주도에서 겪는 태풍은 장난이 아니라고 한다. 몇 년 전에는 이틀 동안 정전되어 난리를 치렀다며 고개를 젓는다. 다섯 명이 바쁘게 움직여 창문 곳곳에 X자로 테이프를 붙이고 신문지를 발랐다. 무슨 일이 생길지 모르니 거실에 모여 있되 창문에 금이 가거나 부풀어 오르면 재빨리 대피하기로 했다. 무서운 한편 재밌기도 하다. 긴장은 묘한 흥분을 불러온다.

오후 두 시, 대낮인데 바깥은 어둡다. 본격적으로 비바람이 몰아친다. 비가 옆으로 내린다. 쏴아아, 거센 비가 지나가며 유리를 두드린다. 바람이 울고 창문이 덜컹거린다. 거실 창틀에서 비가 새기 시작했다. 수건을 길게 말아 틈에 대고 테이프로 붙였다. 내 방 천장에서도 물이 한 방울씩 떨어진다. 노트북과 스탠드의 코드를 뽑고 바닥에 수건을 깔았다.

아무도 말이 없다. 창가에 나란히 서서 굳은 표정으로 비를 본다. 책을 읽고 싶어도 집중이 안 된다. 웅웅거리는 바람 소리에 머리가 쭈뼛 선다. 누군가 라디오를 튼다. 뉴스 특보가 나온다. "태풍 바비는 매우 강한 세력을 유지하고 있습니다. 제주도는 내일 오전이 최대 고비입니다. 아무쪼록 피해 없으시길 바랍니다."라는 아나운서의 목소리가 무겁게 들린다.

비가 조금 잦아든 것 같아서 조심스레 현관을 열어본다. 순간 강하게 부는 바람에 손잡이를 놓친다. 쾅 소리를 내며 문이 벽에 부딪힌다. 사람들이 놀라 뛰쳐나온다. 하마터면 문짝이 부서질 뻔했다. 간신히 문을 끌어당겨 닫는다. 고립이다. 이 긴장과 두려움을 그저 견디는 수밖에 없다. 언젠가 바람은 지나가고 비는 그칠 테니, 그때까지는 몸을 숨기고 기다려야 한다.

저녁이 되어도 태풍의 기세는 수그러들 줄을 모른다. 세찬 바람이 밤까지 이어진다. 계속 긴장하고 있으니 입맛이 없다. 맥주 한 캔을 마시고 침대에 눕는다. 술기운에 설핏 잠이 들었다가 바람 소리에 깨기를 반복한다. 덜컹대는 창문이 불안하다. 침대를 창가에서 약간 띄운다. 천장에서 떨어지는 물을 맞지 않도록 적당한 거리를 찾고 엎드려 인스타를 본다. 부산 등 남쪽에 가까운 육지에서도 강한 바람이 분다고 한다. 밤새 잠을 설쳤다.

아침이 왔는데 아직도 바람이 세다. 하필 나는 오늘 숙소를 옮겨야 한다. 판포리에서 사계리까지 상당한 거리를 가야 한다. 누가 좀 도와주면 좋겠는데 모두 외면한다. 사장님도 마티즈가 뒤집힐 것 같다며 몸을 사린다. 하긴 이 날씨에 괜히 오지랖을 부렸다가 사고라도 나면 큰일이다. 이해는 가지만 기분이 씁쓸하다. 내 문제는 내가 해결하는 수밖에 없다.

버스는 다니겠지만 비바람 속으로 캐리어를 끌고 나갈 자신이 없다. 카카오택시를 켰다. 몇 번의 시도 끝에 한 대가 잡혔다. 비를 맞으며 짐을 싣고 뒷자리에 타자 기사님이 이 날씨에 어디를 가냐고 묻는다. 와 주셔서 감사하다고 답한다. 진심이다. 흔들리는 택시 안에서 한심한 내 신세를 생각한다. 슬프다. 하지만 태풍은 오늘 지나간다. 죽지 않았으니 됐다.

코로나가 터졌다

○ 숙소 : 가라지하우스 게스트하우스 (안덕면 / 사계리)
○ 일정 : 2020. 08. 26 ~ 08. 28 (3박)
○ 가본 곳 :
　－ 카페 : 루핀, 뷰스트, 유루유루, 코데인커피로스터스
　－ 식당 : 큰돈가, 인생짬뽕, 사계의시간, 환이네이태리식당
　－ 책방 : 어떤바람

올 것이 왔다. 코로나가 터졌다. '제주 게스트하우스 파티에서 확진자 다수 발생'이라는 기사가 쏟아진다. 업소의 이름과 위치, 사진까지 모두 전파를 탔다. 와인 파티로 유명한 곳이라는데, 업주가 서울에서 바이러스를 품고 내려온 듯하다. 확진자는 치료에 들어갔고 투숙객은 모두 격리되어 검사를 받고 있다고 한다. '파티'를 강조하기 위함인지 뉴스에는 번쩍이는 조명 아래 춤추는 사람들의 모습이 뿌옇게 처리되어 나온다. 음식점으로 신고하지 않은 숙박업소에서 요리와 술을 제공하는 것은 위법이라는 보도도 있다. "이 시국에 거기를 왜 가냐!" "하여튼 발정 난 놈, 년들 때문에 나라 망한다!" "세금으로 치료해주지 말고 구상권 청구해라!"는 댓글이 빗발친다.

제주도지사는 즉각 도내 모든 숙박업소에 '10인 이상 집합금지명령'을 내렸다. 특별자치도라 의사결정과 집행이 빠른 듯하다. 하지만 모든 법에는 구멍이 있다. 허점을 찾아내고 악용하는 사람은 어디에나 있다. 10명 이상 모이지 말라고 하니 선착순 9명까지 신청을 받아 파티를 벌인다는 보도가 이어진다. 또 한 번 여론이 들끓는다. 다음 날 '3인 이상 집합금지명령'이 내려진다.

매니저의 표정이 어둡다. 문의 전화가 쏟아지고 예약 취소가 이어진다고 한다. 10인 이상 금지일 때는 네다섯 명씩 두 팀으로 나누어 얘기라도 했는데, 3인 이상이 되니 모든 활동이 제한된다. 일행이 아닌 사람과의 대화는 자제하고, 모든 공간에서 마스크를 반드시 쓰고 있기로 했다. 어쩔 수 없는 상황인 건 알지만 다들 아쉬워한다. 매니저가 채팅방을 열었다. 일정이 맞는 사람들은 카페나 식당에서 만나 이야기를 나누고 오라고 한다. 그런 곳은 더 많은 불특정 다수의 사람이 음식을 먹고 대화를 하는데 게스트하우스만 금지하는 것도 이상하기는 하다.

또 다른 문제가 생겼다. 다른 지역에서 발병한 확진자가 얼마 전 사계리의 온천을 다녀간 사실을 숨겼다는 것이다. 온천은 영업을 중단하고 급하게 방역을 했다. 투숙객들도 해당 기간에 온천을 방문한 사실이 있는지 일일이 확인했다. 문제가 생기면 영업정지까지 당할 수 있어 숙소 입장에서는 민감할수밖에 없다. GPS나 카드 사용 기록을 조사하는 것도 아니니 사람들의 '말'을 믿어야 한다는 게 문제지만 말이다.

지구상에 안전한 곳은 없는 것 같다. 우리나라에서도 청정지역으로 손꼽히는 제주도에 있는데 어느새 코로나가 턱밑까지 따라왔다. 한 달 넘게 괜찮았는데 갑자기 무섭다. 숨통이 조여오는 기분이다. 나는 코로나에 걸리지 않을 수 있을까. 살면서 한 번도 겪지 않고 지나갈 수 있으리라는 보장은 없다. 무엇보다 나는 갈 곳이 없다. 여기마저 위험하면 어디로 가야 할까. 이 시국에 집까지 버리고 떠돌아다니는 내가 불쌍하다. 최대한 조심하며 잘 피해 다녀야 하겠지만 피한다고 피해지는 것일까. 격리라도 되면 캐리어 두 개를 끌고 가야 하나. 걱정이 꼬리를 문다.

자기만족을 넘어서

○ 숙소 : 마담제 게스트하우스 (서귀포시 / 하원리)
○ 일정 : 2020. 08. 29 ~ 09. 03 (6박)
○ 가본 곳 :
  – 카페 : 올디벗구디, 리틀포레스트, 파머스커피
  – 식당 : 영실국수, 도순고기국수

하원리로 왔다. 서귀포시가 점점 가까워지고 있다. 이번 숙소는 작은 책방과 게스트하우스를 겸하는 곳이다. 거실 전체에 책이 가득 들어차 있다. 판매하는 책은 샘플만 읽을 수 있고, 팔지 않는 책은 마음껏 읽어도 된다고 한다. 방에는 푹신한 흔들의자가 있다. 발을 뻗고 누워서 책 읽느라 시간 가는 줄 모른다. 다른 손님도 없어 책과 공간을 마음껏 누리고 있다.

거실에는 다양한 독립출판물이 많다. 찬찬히 들여다보니 출판사 대표가 한 말이 이해가 된다. 독립출판은 자기만족에 불과할 뿐이라는 말이 와닿는다. 저마다 자기 얘기를 늘어놓고 있지만 돈 주고 살 마음은 안 든다.[1] 내 책도 남들에게는 마찬가지로 보이겠지. 어떻게 써야 남들이 돈 내고 살 만한 책이 될까. 무턱대고 웃길 수도 없고 거짓 희망을 팔 수도 없다. 사람의 마음을 움직이는 것은 나에게 가장 어려운 일이다.

공황장애[2]와 모야모야병[3]을 다룬 에세이를 읽었다. 갑자기 들이닥치는 과호흡과 공황발작, 언제 목숨을 앗아갈지 모르는 뇌출혈은 혼자서 버텨내기 어려울 것 같다. 나는 병원에 가면 혼자 접수하고 혼자 기다리고 혼자 치료받고 혼자 돈 내고 혼자 돌아온다. 한 번은 독감에 걸려 덜덜 떨며 응급실로 갔는데 접수부터 하고 오라는 말에 울컥했었다. 술에 취해 2층에서 떨어져 119에 실

---

1 연예인이 쓴 책도 별로다. 박정민의 〈쓸 만한 인간〉을 좋아하던데 나는 별로였다. 앞에는 웃기려고 애쓰다가 뒤에는 갑자기 '여러분 모두 힘내시라'로 마무리한다. 글은 내가 쓸 테니 배우는 연기만 열심히 하시면 좋겠다.

2 〈고구마 백 개 먹은 기분〉, 최은주 지음

3 〈내일은 알 수 없지만〉, 노유하 지음

려 갔을 때도 혼자 택시를 타고 절뚝거리며 돌아왔다.[1] 톱으로 턱뼈를 잘라내는 양악수술도 보호자 없이 혼자 받았다. 마취에서 깨자마자 병원으로 900만 원을 이체해야 했다.

이제 비만과 우울증을 빼면 크게 아픈 곳은 없다. 스스로 감당하고 통제할 수 있는 범위 안에서 산다는 게 행운이라고는 생각해보지 못했다. 내가 가장 불행한 줄 알았는데 남의 불행을 보며 위안을 받기도 하는구나. 내 불행도 누군가에겐 다행으로 읽힐 수 있겠지. 가난하지 않아서, 맞고 자라지 않아서 다행이야. 직장이 있어서 다행이야. 주식으로 돈을 잃지 않아서 다행이야. 배우자 혹은 연인이 있어서 다행이야. 혼자가 아니라서 다행이야. 당장 죽고 싶을 정도로 힘든 건 아니라서 다행이야. 그렇게 생각할 수 있는 사람들이 내 책을 다섯 권씩 사주면 좋겠다.

---

1 〈마음난리〉'떨어진 겁니까, 뛰어내린 겁니까' 참고

쫓겨났다

오후 늦게 여자 손님 두 명이 들어왔다. 며칠째 혼자 있어 적적하던 차에 사람을 보니 반가웠다. 마트에서 장을 봐온 듯했다. 나도 저녁을 먹으려던 참이라 편의점에 가서 김밥과 맥주를 사 왔다. 부엌에 있는 그들에게 인사를 건네니 난처한 표정을 짓는다. 삼각대를 놓고 타임랩스를 찍고 있는데 방해가 된 듯하다.

거실에는 4인용 탁자밖에 없어 같이 식사하자고 했더니 거절한다. 자기들끼리 할 얘기가 있다고 한다. 머쓱하다. 싫다는데 같이 있을 수 없으니 비켜주기로 한다. 씁쓸한 기분으로 혼자 김밥을 먹고 방으로 들어왔다. 밖이 소란하다. 이것저것 차려놓고 사진을 찍는 듯하다. 얘기 나누는 소리와 웃음소리가 들린다. 귀마개를 끼고 애써 잠자리에 든다.

그들은 이틀을 머문다고 했다. 둘째 날에는 서핑을 다녀와서 또 자기들끼리 술을 마셨다. "저 며칠 만에 사람을 처음 봐서요. 저랑 좀 놀아주시면 안 돼요?" 애원하듯 말해봤지만 별다른 얘기는 나누지 못했다. 포기하고 방에 들어와 유튜브를 보다 잤다. 다음 날 아침에 보니 방이 비어서 나갔나보다 했다. 냉장고에 그들이 남기고 간 것들이 있어 꺼내먹었다. 저녁이 되어 인기척이 들렸다. 다른 방에 새로운 사람이 오는 듯했다. 데인 게 있으니 관심 끄기로 하고 방에서 책을 읽고 있는데 누가 문을 두드린다. 손님인가 해서 문을 열었더니 주인 남자가 팔짱을 끼고 서 있다.

"혹시 냉장고에 다른 손님들 음식 드셨어요?"

"예, 남은 거 먹었는데."

"남의 걸 드시면 어떡해요?"

"아니, 나간 사람들이 남기고 간 거예요."

"나갔는지 안 나갔는지 어떻게 알아요?"

"안 나갔어요? 방 비었던데. 그 여자들 이틀 있고 오늘 나
간다고 했는데. 뭐 문제 있어요?"

"하…. 두 분 중에 한 분은 가시고 한 분이 이쪽으로 방을
옮긴 겁니다. 뭐가 어떻게 돌아가는지 알지도 못하면서 남
의 음식에 손을 대면 어떡합니까? 예?"

"아니, 내가 알았어요? 나간다고 해서 나간 줄 알았지. 남
기고 갔길래 먹었고. 놔두면 어차피 버릴 거 아닙니까?"

"아니, 버리건 말건 그건 우리가 알아서 할 일이고요. 남
의 물건에 손을 대면 안 되죠."

내가 먹은 것은 먹다 남은 소주 반병, 역시 먹다 남아서 페트
병에 옮겨 담은 와인, 유통기한이 하루 지난 샐러드와 요거트, 또
먹다 남은 냉동 티라미수다. 기분이 나쁠 수는 있는데 이게 그렇
게 심각한 문제인가? 당사자가 나와서 얼굴이라도 비추면 직접
사과를 할 텐데 방문을 닫고 나오지 않는다.

"아, 예. 죄송합니다."

"저한테 죄송하다고 해서 해결될 일이 아니고요."

"그럼 뭐 어떻게 하면 되는데요?"

"하…. 나가주세요."

"예?"

"퇴실하시라고요."

"아, 네. 그러죠, 뭐. 짐 좀 쌀게요."

큰 캐리어에 옷가지를 쑤셔 넣었다. 읽으려 꺼내놨던 책을 책장에 가져다 꽂았다. 남자가 경멸하는 눈초리로 쳐다본다. 뒤통수에 꽂히는 시선이 따갑다. 슬리퍼를 현관에 내팽개치고 신발을 꺼내 신었다. 우당탕 소리를 내며 캐리어 두 개를 들고 내려왔다. 대문 앞에 서서 카카오택시를 켰다. 참나, 여기 아니면 갈 데가 없는 줄 아나. 내일 가기로 되어 있던 서귀포 시내 게스트하우스를 목적지로 찍었다. 저녁 8시, 당일 예약도 충분히 가능한 시각이다. 전화를 걸어 지금 가도 되냐고 물으니 오라고 한다.

택시가 왔다. 짐을 싣고 차에 탔다. 문을 닫고 한참을 씩씩거렸다. 화가 나고 부끄러웠다. 여기와 관련된 모든 것을 삭제하고 차단했다. 안 나간다고 버틸 걸 그랬나. 숙박비를 돌려달라고 목소리를 높일 걸 그랬나. 그래봤자 나만 우스워졌겠지.[1]

---

[1] 주인 내외도 처음부터 인상이 별로였다. 도착한 날 캐리어 두 개를 들고 올라가는데 머리를 빡빡 깎은 남자가 담배 연기를 뿜으며 멀뚱멀뚱 쳐다보고 있었다. 슬리퍼가 작아서 안 맞길래 몇 개 바꿔 신었더니 핀잔을 줬다. "에이, 이거 다 늘어나서 버려야겠네." 들으라는 듯이 말했다. 책방을 관리한다는 여자는 책을 한 번에 여러 권 뽑지 말고, 보고 나면 바로 제자리에 두라며 잔소리를 했다. 내가 글을 쓴다고 하니 "우리도 책방을 하니까 들여놓기는 했지만 이런 책들을 누가 살까 싶다"며 헛소리를 했다. 서비스업을 할 사람들은 아닌 듯하다.

나는 왜 그랬을까? 친해지고 싶었는데 놀아주지 않으니 괘씸한 마음을 그렇게라도 풀고 싶었던 거다. 나의 약점을 다시 깨닫는다. 확실히 나는 돈과 관심에 약하다. 돈 앞에서는 부끄러움과 양심이 잘 작동하지 않는다. 관심받지 못하면 비뚤어진다. 아무리 작가의 여행에 실수와 실패가 필요하다지만 이건 좀 심하다 싶다. 그래도 쓸 거리가 생겼다는 생각에 피식 웃음이 난다.[1] 미쳐가고 있는 것 같다.

---

1 충격적이고 수치스러운 일이라 두 달 동안 묵혀뒀다가 10월 말이 되어서야 이 글을 쓰고 있다. 인스타그램을 찾아보니 이 게스트하우스는 9월 말에 영업을 종료하고 문을 닫았다고 되어 있다. 오래 갈 집은 아니다 싶었는데 고소하다.

서귀포 도착

○ 숙소 : 서귀포 섬 게스트하우스 (서귀포시)
○ 일정 : 2020. 09. 04 ~ 09. 11 (8박)
○ 가본 곳 : 작가의 산책길
 ─ 카페 : 유동커피
 ─ 식당 : 천일만두

그렇게 밤 9시에 서귀포에 들어왔다. 제주도로 온 지 40일 만이다. 새로운 숙소는 서귀포항 앞에 있는 건물 6층이다. 사장에게는 이전 숙소에서 예약 오류[1]가 생겨 이리로 넘어왔다고 말했다. 손님이 거의 없다. 8인실 도미토리를 혼자 쓴다. 코로나 때문에 예약을 절반만 받고 일부러 침대를 분산시키고 있다고 한다. 높은 건물이라 방에서 바다가 보인다. 베란다로 나가 항구를 바라보며 마음을 가라앉힌다. 며칠 지나면 괜찮아지겠지. 무슨 일이 있었는지는 내가 말하지 않으면 아무도 모른다. 떠들고 다닐 일도 아니니 혼자 조용히 삭이자.

서귀포에서 할 일이 많다. 한 달 새 부스스해진 머리를 깎아야겠다. 추워지기 전에 망고 빙수를 꼭 먹어야지. 시장에 가서 맛있는 것도 사 먹을 거다. 분위기 좋은 바를 찾아 위스키도 한 잔 마셔야겠다. 어떻게든 이 씁쓸함을 풀고 싶다. 책은 다 만들었으니 인쇄소를 찾아 가제본도 해봐야겠다. 출간과 유통에 들어가면 본격적으로 '작가'라고 말할 수 있다. 책이 잘 팔리려면 독자를 명확히 설정해야 한다는데, 난 그런 거 없다. 어차피 내 시간, 내 돈 들여서 내는 거니까 내 마음대로 쓸 거다. 팔리면 좋고 안 팔려도 상관없다. 재고는 모아서 불태워버리지 뭐.

---

1   게스트하우스에서는 가끔 '오버부킹(overbooking)'이 일어난다. 문자, 전화, 인스타그램 등 다양한 방법으로 예약을 받다 보니 예약이 겹치는 경우가 생기는 것이다. 1인실에 두 명을 받거나 도미토리에 성별이 뒤섞이는 일도 있다. 하루에도 수십 번의 문의를 받을 테니 헷갈릴 만도 하다. 사람이 하는 일이라 어쩔 수 없지만, 당하는 사람은 황당하고 피곤해진다. 그래서 요즘에는 '네이버 예약'으로 창구를 일원화하는 곳이 많다.

작가의 산책길

아침이다. 우울한 기분이 약간 차분해졌다. 토스트를 먹으며 서귀포에는 뭐가 있는지 네이버 지도를 살핀다. '작가의 산책길'이라는 글자가 눈에 띈다. 화가 이중섭과 관련된 듯하다. 기분도 풀 겸 산책을 나선다. 항구를 따라 배가 늘어선 풍경이 이국적이다. 언덕 위에 있는 호텔에서 운동복 차림의 사람들이 나와 달리기 시작한다. 활력이 느껴져 기분이 좋아진다. 숙소로 돌아와 씻었다.

인쇄소를 가봐야겠다. 검색해 보니 큰 인쇄소는 없고 대여섯 개 정도의 '복사집'이 있는 듯하다. 흩어져 있어 많이 돌아다녀야 할 것 같다. 시내로 방향을 잡고 20분쯤 걸었다. 처음으로 간 곳은 없어졌다. 지도에 찍힌 목적지에 도착해서 주변을 아무리 둘러봐도 복사가게는 보이지 않는다. 다음 가게로 가려면 왔던 길을 되돌아가야 한다. 비가 내려 후덥지근하다. 시원한 데 앉아서 점심을 먹어야겠다.

눈앞에 문을 연 식당이 있다. 리뷰를 찾아보니 만두 맛집이라고 한다. 고기만두와 마파두부를 시켜 소주를 한 병 비웠다. 낮술을 마시니 즐겁다. 누가 뭐래도 나는 지금 자유롭다. 대학생 때 선배랑 둘이서 순대국밥에 소주 5병을 마시고 오후 수업에 들어갔던 때가 생각난다. 동아리방에서 짬뽕과 탕수육을 시켜 고량주를 먹고 수업을 빠진 적도 있었다. 술에 취해 장판에 드러누워 기타를 치고 노래를 불렀다. 대학 때 그렇게 힘들었어도 즐거웠던 추억이 있기는 하구나.

알딸딸한 상태로 다음 가게를 찾아 나선다. 더운데 걸으니 술기운이 올라온다. 스타벅스에 들어가 양치를 하고 나왔다. 복사집에 도착했다. 제본기 옆에 선 주인이 무슨 일이냐고 묻는다. 책을 만드는데 한 부만 샘플로 뽑아보고 싶다고 하니 고개를 젓는다. 500부 이상 만들 거라고 했는데도 안 된단다. 견적이라도 물어보려 했더니 바쁘니까 안 할 거면 나가란다. 아주 퉁명스럽다. 기분이 나쁘다. 제주 사람들은 다 이렇게 불친절한가 싶다.

세 번째 가게. 조심스럽게 물어봤다. 아까보다는 친절하다. 책처럼 제본하려면 하루 정도 시간이 걸리니 그냥 인쇄만 해서 보는게 편하지 않겠냐고 한다. 전문가의 말을 듣기로 했다. 160쪽을 모아찍기로 80장에 뽑았다. 모니터로만 보던 내 글을 인쇄해서 보니 느낌이 새롭다. 오타나 깨진 글자가 있는지만 우선 점검해야할 것 같다. 을지로에 가면 샘플 책을 만들 수 있다는데 아쉽기는 하다. 방법이 없을까. 여행을 멈추고 서울로 가야 하나 고민이 된다.

첫 책을 내다

2020년 9월 10일. '작가 서하늘'의 첫 책 〈마음난리〉가 세상에 나왔다. 유통은 광주광역시에 있는 독립출판 플랫폼 '인디펍'[1]에 맡기기로 했다. 제주에는 큰 인쇄소가 없고 다 가지고 다닐 수도 없어서 일부러 광주에서 견적을 받았다. 160쪽짜리 책을 500권 뽑는 데에 120만 원이란다. 권당 2,400원, 장당 15원꼴이다. 가격표와 바코드를 넣은 최종본을 메일로 보냈다. 이틀 뒤, 인쇄소에서 완성된 책을 사진으로 찍어 보내줬다. 붉은색 표지가 강렬하다. 실물은 보지 못한 채로 유통에 들어갔다.

인스타그램과 카카오톡으로 출간 소식을 알렸다. 지인들의 구매 인증이 이어졌다. '동네서점'[2] 홈페이지를 보며 내 책을 받아줄 만한 책방의 목록을 만들었다. 서귀포 스타벅스에 앉아 메일과 인스타그램으로 입고 문의를 보냈다. 작가들로부터 성의 없는 메일이 쏟아진다는 말을 들었던 터라 각 서점의 이름을 명시하며 정중하고 간결하게 메일을 썼다. 열흘 동안 약 150개의 책방에 메일을 보냈다.

오랜만에 일하는 것 같아서 기분이 좋다. 새로운 무언가를 시작하는 마음은 두려우면서도 즐겁다. 내 글이, 이 책이 어떤 길을 열어줄까. 이것을 통해 내 마음의 난리를 가라앉힐 수 있을까. 한 권만 내고 끝낼 수는 없다. 아직 하고 싶은 말이 많다.

계속 가보자. 나는 작가다.

---

1 www.indiepub.kr

2 www.bookshopmap.com

* 〈마음난리〉 입고 현황 *

(2020. 11. 03. 현재)

번호	책방이름	위치
1	깨북	강원 강릉시
2	책방틔움	강원 원주시
3	나인빌리지북스	경기 구리시
4	나무아래책방	경기 수원시
5	마을상점 생활관	경기 안산시
6	서점 오브덕	경북 울진군
7	더코너북스	대구광역시
8	삼요소	대전광역시
9	주책공사	부산광역시
10	올오어낫싱	서울시 금천구
11	지구불시착	서울시 노원구
12	어나더더블유	서울시 동작구
13	일일문고	서울시 성북구
14	일단불온	서울시 영등포구
15	동네책방 시방	인천광역시
16	사각공간	인천광역시
17	책방 심다	전남 순천시
18	에이커북스토어	전북 전주시
19	책방토닥토닥	전북 전주시
20	이듬해봄	제주도

살아야겠다

○ 숙소 : 위미위드미 게스트하우스 (남원읍 / 위미리)
○ 일정 : 2020. 09. 12 ~ 09. 16 (5박)
○ 가본 곳 :
 - 카페 : 벨라위미, 일일일빵, 모노클제주
 - 식당 : 라페로, 위미20
 - 책방 : 북타임, 라바북스

위미로 왔다. 서귀포에서는 바빴다. 가끔 환경을 바꾸는 게 좋은 것 같다. 바다만 보고 있으면 늘어진다. 위미는 소소해도 곳곳에 갈 만한 데가 있다. 숙소 바로 앞에 조용한 카페가 있어 오랜만에 책을 읽었다.

큰길가에 서점이 있다. 동네 책방이라기에는 꽤 크다. 작가별로 큐레이션을 해 놓았다. 마루야마 겐지[1] 코너가 인상적이다. 독립출판물은 없다. 예전에 들여놨었는데 잘 안 팔려서 방향을 바꿨다고 한다. 20분쯤 걸어가서 다른 책방에 들렀다. 여기는 독립출판만 다루는 곳이다. 지난주에 보낸 입고문의 메일에는 답이 없었다. 책을 세 권 사면서 슬쩍 물어봤다. 다시 보내주면 한 번 더 확인해보겠다고 한다.

연예인, 운동선수, 아나운서, 유튜버 등 본업이 있는 사람들의 책은 꽤 잘 팔린다. 한 뼘의 깊이도 없는 한 줄짜리 글들이 '감성 에세이'로 포장되어 불티나게 팔려나간다. "한 명이라도 내 글의 가치를 알아보면 된다"며 고고한 작가 행세를 해야 하는가, "이 책 예쁘죠? 예쁘잖아요. 그러니까 한 권만 더 사주세요" 하는 장사꾼 마인드를 가져야 하는가. 고민이다.

저녁에는 고기와 술을 사 온 손님이 있어 같이 먹었다. 서울에서 와인 수입 사업을 한다고 했다. 낯선 사람들의 다양한 이야기를 듣다 보면 내 경험이 얼마나 얕고 빈곤한지 느끼게 된다. 보편과 특수, 공감과 소외 사이에서 나의 위치를 점 찍어본다. 그렇다

---

1 〈인생 따위 엿이나 먹어라〉, 〈소설가의 각오〉, 〈나는 길들지 않는다〉, 〈사는 것은 싸우는 것이다〉 등 강렬한 제목의 책들이 많다. 내 취향이다.

고 쫄 필요는 없다. 어쨌든 나도 33년을 살아오기는 했으니까. 나름의 도전과 경험, 실패와 교훈이 있으니까.

경험과 상상의 가능성을 닫은 자는 살아 있어도 죽은 것과 같다. 징징대지 말고 이 세계 속에서 내 자리를 만들어 보자. 보편적이지 않은 나의 삶은 특이한 이야기가 되어 누군가의 마음을 두드릴 수도 있을 것이다. 이야기를 팔아먹고 살려면 더 많은 경험과 실패를 해야 한다. 바람이 분다. 살아야겠다.[1]

---

1   프랑스 시인 폴 발레리의 장시 〈해변의 묘지〉에 나오는 구절. 사람마다 약간씩 다르게 번역하나 '바람이 분다, 살아야겠다'로 널리 인용된다.

"어떤 사람은 스물다섯에 벌써 죽었는데
장례식은 일흔다섯에 치르고.

그 사이에 50년 동안
죽은 채로 먹고
죽은 채로 음식 축내고
죽은 채로 휴지 축내고
콘돔 축내고 그렇습니다.

누구 얘기냐면은,
네 얘깁니다.
니, 니, 니!"

UMC - 〈H2〉

여기 못 있겠어

O 숙소 : 낯선하루 게스트하우스 (성산읍 / 고성리)
O 일정 : 2020. 09. 17 ~ 09. 18 (2박)
O 가본 곳 :
 ‒ 카페 : 카페인섭지코지, 에곤카페, 어반정글
 ‒ 식당 : 신왕, 섭지코지한끼, 섭지코지화덕피자, 떠돌이식객

고성리로 왔다. 파티 없는 조용한 게스트하우스를 찾아왔다. 이용자 평점이 매우 높다. 인스타그램에 올라오는 사진도 따뜻하다. 사장은 30대 초반의 남자다. 기대했던 것보다 시설은 안 좋다. 남자 방이 너무 좁다. ㄹ자로 된 2층 침대 두 개가 등을 대고 붙어 있다. 캐리어를 펼 공간이 없어 공용 공간으로 가지고 나가서 짐을 푼다. 화장실도 좁다. 네모 안에 변기만 딱 들어간 공간은 서서 보는 용이다. 옆 칸도 넓지는 않다. 그 앞을 커튼으로 가리고 샤워를 한다. 그나마 뜨거운 물은 잘 나온다.

3인 이상 집합 금지를 피해 저녁마다 근처 술집에서 맥주를 마신다고 했다. 첫날이라 따라갔다. 처음 온 사람들은 어색하게 앉아서 휴대폰만 보는데 사장은 장기숙박자들이랑 떠들고 있다. "사장님 저희랑도 좀 놀아주세요" 문자를 보냈더니 썩은 표정으로 건너와서는 뻔한 얘기들만 늘어놓았다.

대체 닮은 꼴 찾기가 왜 대화의 소재가 되어야 하는 걸까? 나더러 길구봉구를 닮았다고 했다. 누군지 몰라 찾아보니 전혀 안 닮았다.[1] 둘 중 한 명은 몸집이 큰데, 살쪘다고 놀리는 건가 싶어 기분이 상했다. "제가 이 덩치에 '서하늘입니다'하니 사람들이 어색해하더라. '서봉구'로 이름 다시 바꿔야겠다"며 웃어넘기긴 했지만 기분 나빴다. 먼저 들어와서 책 읽다가 갔다.

원래는 조식을 주는데 코로나 때문에 안 준단다. 청소 시간에 안 나가도 된다길래 좀 더 자려고 했는데 바깥이 시끄럽다. 공용 공간에 아침부터 여자들이 모여서 떠든다. 테이블을 밀고 단체로

---

1 살찌기 전에는 스윗소로우 성진환 닮았다는 말을 몇 번 들었다.

요가를 하며 깔깔댄다. 노래를 틀어놓고 목소리를 높여 오늘 일정을 짠다. 급기야 블루투스 마이크를 켜고 노래를 부른다. 오전 10시다.

참다못해 거실로 나갔다. 손님들과 떠들고 있는 사장을 불렀다. '나는 조용하게 쉴 곳을 찾아서 왔는데 너무 시끄럽다. 방음도 안 되는데 남자 방 바로 앞에서 여자들 예닐곱 명이 떠들어서 너무 힘들다. 5박 중에 이제 이틀 지났는데 이 상태면 여기 못 있겠다. 다른 데로 옮겨야겠다.' 고 말하고 방으로 들어왔다. 사장이 정리했는지 시끄러운 여자들은 모두 밖으로 나갔다.

잠시 후 사장이 방으로 들어왔다. 오늘까지만 자고 3박 요금을 환불해줄 테니 다른 곳을 알아보라고 한다. 평점에 비해 너무 별로라서 리뷰를 남겨야겠다고 했더니 내 예약을 취소시켰다. 이용을 마쳐야 리뷰를 쓸 수 있는데 이렇게 되면 나는 쓸 수가 없다. 이런 식으로 평점을 세탁했나 보다. 게스트하우스에도 바이럴 마케팅이 있다니. 역시 세상에 믿을 게 하나도 없다.

편하게 쉴 곳이 없다.

나는 집이 없다.
길에서 잠드는 사람의 마음이 이럴까.

슬프다.

성산 일출봉

○ 숙소 : 뱅디가름 게스트하우스 (성산읍 / 고성리)
○ 일정 : 2020. 09. 19 ~ 10. 01 (13박)
○ 가본 곳 : 올레길 3-A코스, 김영갑갤러리
 - 카페 : 카페동류암, 도너츠윤, 이스틀리
 - 식당 : 문화통닭, 마농치킨, 제일성심당
 - 책방 : 책방무사

시끄러운 게스트하우스를 떠나 성산으로 왔다. 미리 10박을 예약해 둔 숙소에 연락해 3박을 추가했다. 오전 9시 30분. 체크 인하기에는 너무 이른 시각이다. 캐리어 두 개를 들고 택시에서 내리니 큰누나 같은 사장님이 반겨준다. 아침을 안 먹었다고 하니 내 팔을 잡아끈다. 식구들 밥 먹는 데에 수저 한 벌만 놓으면 된다고 한다. 초면에 남의 집 밥상에 앉기는 민망해서 일단 거절하고 밖으로 나왔다.

광치기해변에 스타벅스가 있어 들어갔다. 계속 숙소를 옮겨 다니는 게 쉬운 일이 아니다. 피로가 쌓인다. 카페에 앉아 졸다가 도저히 버틸 수가 없어 게스트하우스 사장님께 문자를 보냈다. "너무 졸려서 그런데 들어가서 낮잠 좀 자도 괜찮을까요?" 5분도 안 지나서 답이 온다. "샘~ 얼른 들어와서 맥주 한 잔 마시고 푹 쉬세요. 낮에 안 나가 있어도 되니 지내시는 동안 편하게 계세요!" 마음이 따뜻해진다. 졸음을 털고 일어나 집으로 갔다.

푹 자고 일어나니 저녁 먹을 시간이다. 사장님이 다른 손님들을 불러 자리를 마련했다. 치킨과 맥주를 먹으며 이야기를 나눴다. 벽에 커다란 올레길 지도가 붙어 있어서 자연스럽게 여행 얘기를 나눌 수 있었다. 나는 글 쓰러 와서 올레길은 한 번도 안 걸어봤다고 말했다. 얼마 전에 책을 냈다고 하자 그 자리에서 사장님이 한 권 주문해주셨다. 며칠 뒤 택배로 받아 같이 펼쳐보았다. 사인해 달라고 해서 멋쩍었다. "마음의 난리가 가라앉기를 바랍니다. 서하늘 드림"이라고 첫 장에 한 줄 적었다.

아침 8시에 1층으로 내려가니 밥이 차려져 있다. 호박잎쌈, 가지조림, 갈치구이 등 한정식 집밥 한 상이다. 새하얀 털의 고양이 '뱅디'와 연두색 앵무새 '까꿍이'가 있다. 고양이는 양쪽 눈의 색이 다르다. 만지면 가만히 있는데 사람을 약간 귀찮아하는 것 같다. 앵무새는 진짜 말을 한다. "안녕하세요?"는 잘 안 하고 "까꿍이 이뿌~?"를 자주 한다. 손에 올리면 어깨까지 걸어간다. 발톱이 따갑지만 재밌고 신기하다. 밥알을 주면 손가락을 철봉 삼아 앞으로 한 바퀴 돈다.

아침을 든든하게 먹으니 어디든 가야 할 것 같아서 성산일출봉에 가보기로 했다. 광치기해변을 지나 입구까지 가는 데만도 거리가 꽤 된다. 표를 끊고 언덕을 오르기 시작했다. 관광객이 많이 찾는 곳이라 그런지 계단과 데크가 잘 깔려 있다. 올라갈수록 계단이 꽤 가팔라서 힘들었다. 매표소에 걸린 사진과 달리 정상에는 물이 없었다. 분화구를 한 바퀴 둘러볼 수 있을 줄 알았는데 한쪽에서 내려다볼 수만 있었다. 파노라마 사진을 찍으려다가 바람이 거세게 불어 폰을 놓칠 뻔했다.

한 가족이 ♡LOVE♡ 라고 적힌 티셔츠를 맞춰 입고 사진을 찍고 있었다. 카페에 들어갔더니 똑같은 옷을 입은 사람이 세 명 더 있었다. 조금 있으니 아까 본 사람들이 들어와서 인사를 나누었다. 6명이 한 가족인데 3명만 올라갔다 온 것이다. 옷을 맞춰 입고 여행을 다니는 가족이라니. 조금 부러웠다.

프리랜서 맛보기

〈마음난리〉 출간 소식을 인스타그램에 올리자 누군가로부터 메시지가 왔다. 유튜브 콘텐츠를 만들고 있는데 대본을 써줄 작가가 필요하다고 했다. 나를 눈여겨보고 있다가 책을 내자마자 연락했단다. 작가로서 첫 일거리 제안이 들어온 셈이다. 들뜬 마음으로 연락을 시작했다.

그는 책을 소개하는 짧은 영상을 만들고 있다고 했다. 요즘 젊은이들이 책을 너무 안 읽는 것 같다며, 랩으로 책을 소개하면 재미있지 않겠냐고 했다. 2분 남짓한 샘플을 받았다. 묵직한 비트 위에 랩이 얹히고 화면에는 타이포그라피로 글자가 흘러나왔다. 대본은 자기가 쓰고 녹음은 래퍼가, 영상 제작은 또 다른 사람이 한다고 했다. 흔히 보는 북튜브[1]의 형식이 아니라 신선했지만 뭔가 어설펐다.

책을 랩으로 소개한다? 사람들이 재밌게 볼 만한 콘텐츠는 아닌 것 같았다. 대본이 추상적이고 관념적이라 책 소개라기보다는 주인공의 일기 같았다. 만약 화제가 되더라도 책이 팔리면 출판사와 작가만 좋지, 영상 제작자에게 이익이 될 것 같지 않았다. 출판사로부터 광고비를 받지 않는 이상 돈이 될 만한 일은 아닌 듯했다. 내 생각을 솔직하게 말해주었다. 기분이 나쁠 법도 한데 그는 화를 내지 않았다. "역시 작가님은 저보다 훨씬 넓은 시야와 깊은 생각을 가지고 계시네요. 작가님을 알게 되어 영광입니다." 이런 낯뜨거운 말로 나를 잔뜩 치켜세웠다.

그는 전과자라고 했다. 마약 유통과 불법 도박사이트 운영으

1　책을 소개하는 유튜브 콘텐츠를 말한다. '겨울서점'이 대표적이다.

로 징역 2년을 살고 나왔단다. 부모의 이혼, 가출과 탈선, 불법으로 벌어들인 돈과 화려한 생활, 성매매 여성과의 사랑, 체포와 수감, 출소까지. 삼류 영화 같은 인생이었다. 거짓과 허세가 섞인 것 같았지만 굳이 캐묻지는 않았다. 어쨌든 내게 일거리를 주겠다는 사람이니까 '대표님'이라 부르며 대화를 이어나갔다.

자기는 사업에 집중하고 글은 내게 맡기고 싶으니 내가 원하는 책을 골라서 내 식대로 글을 한 편 써보란다. 그때 읽고 있던 책[1]이 좋아서 그의 샘플과 비슷한 투로 만들어 보았다. 프리랜서의 삶이 이런 것인가. 오랜만에 일하는 기분이 들었다. 이틀 동안 열심히 써서 보냈건만 그는 탐탁지 않아 했다. 자기 흉내를 내지 말고 내 글을 쓰란다. 업무의 범위와 방향을 정해 달라고 했더니 자기는 나를 고용한 게 아니니 그런 것 기대하지 말고 능동적으로 생각하란다.

그때 나는 첫 책의 입고문의 메일을 보내느라 바빴다. 카페에 앉아 엑셀로 책방 목록을 만들고 메일과 DM을 보내면 한두 시간이 금방 지나갔다. 두 번째 책의 뼈대가 될 제주 여행 기록도 틈틈이 써야 했다. '내 글'을 써야 하는데 점점 그의 일에 말려드는 기분이 들었다. 그러면서도 그가 나의 다음 길을 열어줄 수 있지 않을까 하는 기대가 생겼다. 내가 쓴 책 소개가 유튜브에서 화제가 되면 내 책에도 관심이 오지 않을까, 작가로서 내 입지도 탄탄해지지 않을까 생각했다.

---

1   하타노 도모미 장편소설, 〈신을 기다리고 있어〉, 김영주 옮김, 문학동네, 2020. 집 없이 떠도는 젊은 여성이 주인공이다. 내 처지와 비슷해 감정이입이 되면서도 사회에 던지는 문제의식이 좋았다.

제주의 책방에서 사 모은 책들 가운데 몇 권을 그에게 추천했다. 그는 〈죽은 자의 집 청소〉[1]와 〈도박중독자, 나의 오빠〉[2]에 관심을 보였다. 나는 두 권을 다 읽은 후 택배로 그에게 보내주었다. 다음 콘텐츠로 둘 중 하나를 만들어 보기로 하고 글을 쓰기 시작했다. 며칠 뒤 그는 새로운 구상이 떠올랐다고 했다. 고전이나 베스트셀러는 알아서 잘 팔리고 유튜버들도 유명한 책만 소개하니, 우리는 독립출판물을 알려보자는 것이었다. 솔깃한 제안이었다.

독립출판과 인디음악의 콜라보. 인디와 언더 문화의 부활로 생각이 뻗었다. 나는 홍대에 공간을 꾸릴 꿈까지 꿨다. 대기업의 돈과 정부의 규제에서 자유로운, 작가와 아티스트 중심의 복합문화공간을 만드는 것이다. 1층은 독립예술 갤러리, 2층은 독립출판 전문 서점, 3층은 독립영화 상영관 및 인디밴드 공연장으로 만들어야지. 회사 다니던 때를 생각하며 사업계획서를 썼다. 몽상은 커져만 갔다.

문제는 돈이었다. 그는 허세를 부렸다. 돈 많은 아버지에게 무릎 한 번 꿇으면 빚 다 갚고 사업자금도 받아낼 수 있단다. 중국에 있는 인맥을 통하면 투자도 받을 수 있다고 했다. 다만 자존심이 허락하지 않고, 깨끗한 일만 할 수 없게 될 것이 분명하다고 했다. 합법적이고 떳떳한 일을 하고 싶은데 불법적으로 돈을 마련하고 싶지는 않다고 했다. 나는 그의 뜻을 존중했다. 일단 지금

1 김완 지음, 김영사, 2020
2 채샘 지음, 글판, 2019

만드는 콘텐츠로 조금씩 발판을 마련해보자고 했다. 정부의 문화예술 지원사업에도 서류를 넣어봤지만 뽑히지 않았다.

　그렇게 3주 정도 같이 작업을 했다. 어느 날 그가 내 책을 사겠다며 카카오페이로 10만 원을 보내왔다. 한 권에 만 원인데 열 권을 보내 달라는 뜻인가 물으니 "한 사람의 인생이 담긴 책을 만 원에 사는 것은 너무 쌉니다. 제가 책정하는 작가님의 책값이니까 한 권만 보내주세요." 라고 했다. 당황스러웠지만 일단 잘 받았다. 달라고 한 적은 없지만 주는 돈을 거절할 이유는 없었다. 같이 작업하는 사람들에게도 주라는 뜻으로 〈마음난리〉 두 권을 택배로 보냈다.

　며칠 후 그에게 메시지가 왔다. 내 책을 읽고 많은 생각이 들었단다. 자신이 생각한 것에 비해 너무 실망스러운 책이라고 했다. 자기와 함께 일하려면 내 정신머리부터 모조리 뜯어고쳐야 할 것 같단다. 그러면서 자기랑 같이 갈 것인지, 아니면 나 혼자 나의 길을 갈 것인지 고르란다. 어이가 없었다. "작가님, 작가님" 하면서 빨아줄 때는 언제고 다 뜯어고쳐야겠다고? 나는 내 글 쓰려고 목숨을 건 사람인데 남의 일이나 도우라고? 그럴 수는 없었다. 갈라설 때가 온 것 같았다.

　"저는 제 글을 쓰겠습니다." 라고 하니 몇 분 동안 카카오톡 메시지가 쏟아졌다. 그는 일방적으로 말을 쏟아내는 버릇이 있어 바로 대꾸하면 대화가 이어지지 않았다. 한참 지켜보고 다 끝났다 싶으면 한 번에 읽고 답하는 게 편했다. 게다가 나는 장문의 카톡이 오면 잘 읽지 않는다. 특히 나에 대한 비난이나 거절이라면 읽지도 않고 지워버린다. 스크롤을 올리다 보니 '연세대' 운운하며 "학교는 잘 다녔네, 나는 고졸이야!" 하는 글이 언뜻 보였다. 아마 내 책이 그의 열등감을 건드린 모양이었다. 더 들여다보지도 않고 삭제했다.

한참 욕을 쏟아내던 그가 갑자기 20만 원을 보냈다. 그동안 내가 작업한 글에 대한 값이라고 했다. 내 글은 사용하지 않을 테니, 이 돈 받고 자신을 잊어달라고 했다.[1] 이번에도 잘 받았다. 짧은 동업 관계는 DM으로 시작해서 카카오톡으로 끝났다. 3주 동안 그와 나는 통화 한 번 하지 않았다. 4억의 빚이 있다는 그는 얼굴도 목소리도 모르는 나에게 30만 원을 주고 사라졌다. 그가 바라는 대로 그를 지웠다. 카카오톡과 인스타그램을 차단했다. 유튜브에 눌렀던 좋아요와 구독도 취소했다.

그의 말은 어디까지가 사실이었을까? 그는 내게서 무엇을 보았고 무엇에 실망했던 것일까? 그는 어떤 꿈을 꾸고 있는 것일까? 그는 나쁜 길로 되돌아가지 않고 잘 살 수 있을까? 그와 계속 함께 일했더라면 나는 어떻게 바뀌었을까? 우리는 더 큰 길로 나아갈 수 있었을까? 이 글을 쓰면서 유튜브를 찾아보니 한두 달 사이에 새로운 영상이 몇 개 올라왔지만 조회수는 100회를 넘지 않는다. 랩으로 책을 소개하여 청년들을 독서로 이끌겠다는 그의 사

---

1 〈마음난리〉에 언급한 '존속 살해'를 보고 내가 자신에게 해코지라도 할까 봐 두려웠나 보다. 하지만 이 정도의 사람과 사건은 나에게 분노를 일으키지 못한다. 지금까지. 그리고 앞으로도 내 증오와 살의의 대상은 단 한 명뿐이다.

업이 잘 풀리는 것 같지는 않아 보인다.

　남들이 보기에는 나도 마찬가지겠지. 일기와 다를 바 없는 글을 모아 책이랍시고 내놓고 작가라고 말하는 꼴이 우습게 보일지도 모른다. 그래도 나는 계속 쓰고 싶다. 어차피 결론은 정해져 있다. 끝이 올 때까지 내가 할 수 있는 만큼 해보는 수밖에 없다. 누구에게도 휘둘리지 말고 내 글을 써야 한다.

첫 올레길

올레길을 걸었다. 처음이다.[1] 게스트하우스에서 만난 유튜버 '고독한 여행자'님의 꾐에 넘어가 따라나섰다. 하루에 두 코스씩 걸으시는 강철같은 체력의 여성 두 분과 나처럼 처음 걷는 열두 살 소년까지, 다섯 명의 팀이 꾸려졌다. 목적지는 3코스. 온평리 포구에서 출발하여 표선 해수욕장에 도착하는 28km의 긴 코스다.[2] 3-A는 내륙과 오름을 지나고 3-B는 해안을 따라 이어진다. 남자팀은 3-A를 걷고 힘이 넘치는 여자팀은 3-A로 가서 표선을 찍고 3-B로 다시 돌아올 계획을 세웠다.

윤슬이 빛나는 온평리 포구에서 시작점 도장을 찍고 출발했다. 나는 올레길 여권이 없어 가방에 있던 시집에 도장을 찍었다. 아침의 바다 풍경이 좋았다. 엷은 구름 사이로 가을볕이 내렸다. 서로 사진도 찍어주고 얘기도 하며 걸으니 즐거웠다. 여자팀은 어느새 훌쩍 앞서 가버렸다.[3] 남자팀은 천천히 걷기로 했다. 한 명은 화살표와 깃발을 보고, 한 명은 네이버 지도를 계속 확인하며 걸으니 길을 잃을 염려는 없었다. 나는 아무 생각 없이 쫄래쫄래 뒤를 따랐다. 표식이 있는 자리에서 앞을 내다보면 시야 안에 반드시 다음 표식이 있다는 것도 처음 알았다. 길을 잃지 않도록 촘촘

---

1   제주도에 있던 두 달 동안 바다에도 안 들어가고, 한라산도 안 오르고, 오름도 안 가고, 올레길도 안 걸었다. 그럼 대체 뭘 했냐고? 게스트하우스와 카페를 돌아다니며 글을 쓰고 책을 냈다. 살은 안 빠졌지만 나름대로 생산적인 시간이었다.

2   올레길을 전혀 몰라서 쉽게 생각하고 출발했는데, 이렇게 긴 코스인 줄 알았다면 가지 않았을 것이다. 부들부들.

3   길은 각자의 속력대로 걸어야 한다. 억지로 맞추려 하면 천천히 가고 싶은 사람은 금방 지치고, 빨리 가고 싶은 사람은 불만이 쌓인다.

히 표식을 배치한 사람들의 마음이 고마웠다. 인생에는 내가 어디로 가야 하는지 알려주는 이정표가 없는데, 이 길에서는 파란색 화살표만 따라가면 되니 마음이 편하다.

숲에는 솔방울과 밤송이가 익어 많이 떨어져 있었다. 가을이 오긴 왔나 보다. 고독한 여행자님은 이런저런 말을 건네며 열두 살 소년을 챙긴다. 부산에서 회사를 다니며 주말마다 제주에 내려와 올레길을 걷는다는 그는 올레길 곳곳을 찍어 유튜브에 올리고 있다. 그동안은 혼자 걷는 영상이 많았는데 오늘은 함께 걷는 사람이 여럿 있어 기분이 좋다고 한다.

소년은 게스트하우스 사장님의 조카다. 제주에 살면서도 올레길을 걸어 본 적이 없다고 한다. 아침에는 무척 수줍어하더니 어느덧 장난도 치고 킥킥 웃으며 걷는다. 힘이 넘치는지 저만치 앞서 뛰어가서 얼른 오라며 손을 흔든다. 나의 열두 살과는 참 많이 다른 소년을 보며 마음이 복잡해진다.[1]

'통오름'과 '독자봉'을 연이어 넘으니 무척 힘들다. 연신 땀을 닦으며 녹지 않는 얼음물을 핥았다. 소년도 웃음을 잃었다. 칭얼댈 법도 한데 묵묵히 걷는 게 의젓하다. 산길을 지나 큰길로 나오니 카페가 있었다. 푹신한 소파에 앉아 시원한 커피와 청귤에이드를 마시며 발을 쉬었다. 김영갑갤러리에 들러 전시도 보았다. 커다란 삼각대와 카메라를 들고 웃는 작가의 모습에서 예술가의 풍

---

1 소년아, 나의 열둘은 슬프고 외롭고 무서웠다. 가족의 격려와 지지를 받으며 낯선 사람들과 함께 걸을 수 있는 너의 열둘이 나는 부럽다. 지금처럼 사랑받고 자라렴. 세상과 사람에 대한 호기심을 잃어버리지 말기를. 너의 열다섯, 스물, 서른은 나처럼 아프지 않기를 기도할게.

모가 느껴졌다.

오후 두 시가 넘었다. 아이가 배고플 것 같아 밥을 먹었다. 이제 절반을 왔는데 셋 다 점점 늘어지기 시작한다. 올레길은 마음을 비우고 부지런히 걸어야 한다. 다른 생각을 하면 발이 느려지고, 딴짓을 하면 해가 지기 전에 다 못 걷는다. 표선까지 가려면 두세 시간은 더 걸어야 할 것 같은데, 나는 오늘 숙소를 옮겨야 한다. 고민 끝에 나만 택시를 타고 돌아가기로 했다. 두 사람은 완주할 생각인가 보다. 다시 만난다는 보장은 없어도 또 보자는 인사를 나누고 헤어진다.

13일간 지냈던 숙소를 떠난다. 두 개의 캐리어와 두 개의 가방을 들고, 다시 길을 나선다. 이제 점점 이 여행의 끝이 보인다. 10월 안에 이 책을 마무리해서 출간하고 싶다.[1] 그러려면 부지런히 글을 써야 한다. 두 번째 책을 내고 나면 대전으로 돌아가고 싶다. 첫 책을 사준 사람들에게 인사를 드려야 한다. 그 후에는 어디로 갈까. 서울로 갈 수도 있고 다시 제주도로 올 수도 있다. 그 순간 내 마음이 움직이는 대로 가자.

---

1 10월 이후에 몇 가지 일이 생겨 글에 집중을 못했다. 계획은 끊임없이 수정할 수밖에 없는 것이겠지.

글쓰기는 농사다

첫 책을 내고 어느덧 한 달이 지났다. 몇 군데의 서점에서 정산을 받았다. 내 글로 번 첫 돈이다. 인디펍에서는 50권이 팔렸다. 3권, 5권, 10권씩 사준 지인들이 있다. 몇 분은 책을 서점에서 사고 책값을 따로 보내주기도 했다. 감사하다. 요즘엔 기분이 좋다. 안 좋은 감정들은 책과 함께 많이 흘려보낸 것 같다. 이 세상 어딘가에 내 이야기를 진지하게 들어 준 누군가가 있다는 게 정말 큰 힘이 된다.

글쓰기는 농사다. 작가는 농사꾼이다. 글을 쓰려면 밭을 갈아야 한다. 글을 쓸 수 있는 환경을 갖추는 게 먼저다. 그러고 나면 일상과 과거, 상상 속에서 글감을 찾아 생각의 씨를 뿌린다. 씨를 뿌리고 나면 남들의 좋은 생각과 문장을 접하며 물과 비료를 준다. 햇볕을 쬐고 바람도 쐬며 글의 싹이 트기를 기다린다. 글의 줄기가 자라고 열매를 맺으면 조심스럽게 손끝으로 거두어들인다. 책이라는 꽃이 피면 예쁘게 포장해서 내놓는다. 그리고 다시 밭을 갈며 다음 농사를 준비한다. 좋은 글을 쓰고 싶다면 성실하고 정직해야 한다.

농사의 성패가 하늘에 달려 있듯, 책이 팔리는 것도 작가의 역량과는 상관없을지도 모른다. 날씨가 어떻듯 묵묵히 그날 해야 할 일을 할 뿐이다. 책 한 권 냈다고 인생이 바뀌지는 않았다. 책이 잘 팔려서 2쇄, 3쇄를 찍지도 않았고 새로운 인연과 기회가 다가오지도 않았다. 여전히 나는 혼자다. 바람이 차가워지니 혼자 걷는 게 쓸쓸하다. 전환점 혹은 돌파구가 보이지 않는다. 이 길이

다른 어딘가로 이어질 것 같지 않다.

그래도 쓴다. 그래서 쓴다. 지금 내가 할 수 있는 건 이것밖에 없으니까. 이거라도 해야 살아 있는 의미가 있으니까. 첫 책이 나의 과거를 다루었다면, 이번 책은 '지금, 여기, 이 순간의 나'에 대한 이야기다. 예전보다 글이 차분해지고 깊어지는 게 느껴진다. 여행의 많은 순간을 담다 보니 책의 분량도 늘어나고 있다. 내 글로 더 많은 사람의 마음을 두드릴 수 있도록, 오늘도 써야겠다.

글 쓰는 재주? 글 쓰는 제주!

○ 숙소 : 슬로우트립 게스트하우스 (성산읍 / 오조리)
○ 일정 : 2020. 10. 02 ～ 10. 06 (5박)
○ 가본 곳 :
 – 카페 : 블랑드오조
 – 식당 : 온더스톤브런치카페
 – 책방 : 소심한책방

이곳은 오조리다. 정말 조용한 게스트하우스다. 손님도 많지 않다. 며칠째 2인실을 1인실처럼 쓰고 있다. 사장님은 다른 건물에 있어서 거의 마주치는 일이 없다. 다락방에는 만화책과 기타가 있다. 심심하면 올라가서 혼자 뒹굴다가 지루하면 내려오는 생활을 반복하고 있다.

저녁 6시쯤 됐을까. 침대에 엎드려 책을 보고 있는데 밖에서 인기척이 들린다. 누군가 밥을 먹는 듯하다. 사실 낮잠 자느라 누가 온 줄도 몰랐다. 물을 뜨는 척 밖에 나가보니 한 남자가 앉아 있다. 식탁에는 딱새우회와 치킨이 차려져 있다. 소주 두 병이 놓여 있고 한 병은 벌써 비었다. 혼자 오셨냐고 물으니 저녁은 드셨냐는 질문이 돌아온다. 아직 안 먹었다고 하니 반색하며 앉아서 같이 먹자고 권한다.

그는 평택에서 정육점을 운영하는 젊은 사장님이다. 추석 연휴 내내 고기만 썰다가 늦은 휴가를 왔다고 한다. 게스트하우스는 처음인데 이렇게 사오면 같이 먹을 사람이 있을 줄 알았단다. 나름 유명하다는 집에 가서 비싸게 사 왔는데 숙소에 아무도 없어서 혼자 술잔을 기울이고 있었다고 한다. 들어오면서 마주쳤던 여자 손님들에게 같이 먹자고 권하니 자기들끼리 먹겠다며 나갔다고 한다.

아까 났던 소리는 "꼴깍! (소주 마시는 소리) 탁! (소주잔 내려 놓는 소리) 하... (한숨 소리)" 였던 것이다. 어쩐지 슬프게 들려 나와보지 않을 수가 없었다. 그렇게 처음 보는 남자와 마주 앉아 술잔을 기울였다. 고맙게도 맛있는 것을 얻어먹었다. 둘이서 소주 다섯 병을 먹었다. 이야기도 많이 나누었다. 자기는 태어나서 '작가님'을 처음 본다며, 제주도에 와서 '작가님'을 만날 줄은 몰랐다며 호들갑을 떤다. 머쓱하지만 기분이 나쁘지는 않다. 내친김에 〈마음난리〉의 한 꼭지를 pdf로 만들어서 카카오톡으로 보내줬다. 잠깐 집중해서 내 글을 읽던 그의 얼굴에 빙그레 미소가 떠오른다.

"오, 이 친구, 글 쓰는 재주가 있네!"

"하하하, 감사합니다."

"다음 책 제목은 뭐예요?"

"일단 〈작가의 여행〉으로 생각해놓고 있어요."

"그거 누구지, 유명한 작가가 쓴 책 아니에요?"

"김영하가 쓴 책은 〈여행의 이유〉. 사실 유명한 작가도 아닌데 '작가의 여행'이라고 하기 좀 민망하긴 해요."

"그래도 글 쓰는 재주가 좋은데.."

"글 쓰는 재주? 글 쓰는 제주? 제목 괜찮은데요?"

"그게 그렇게 되나? 그냥 던진 말인데. 하하하"

"진지하게 생각해볼게요. 글 쓰는 제주? 좋다!"

"작가님! 그러면 책에 제 이름 써주는 겁니까?"

"그럼요! '게스트하우스에서 만난 사람이 나에게 '글 쓰는 재주'가 좋다고 했다. 거기서 제목이 탄생했다.' 이렇게 쓸 수 있죠."[1]

즐겁다. 뜻밖의 만남으로 책의 제목까지 바꾸다니. 밖에서 들리는 한숨소리에 나와보지 않았다면 이런 일은 없었을 것이다. 이런 게 여행의 재미인가 보다. 그와는 다음날에도 족발을 시켜 소주를 마셨다. 재미있었다.

---

1 〈글 쓰는 제주〉라는 좋은 제목을 던져주신 장민우님 감사합니다.

우도에 갇히다

○ 숙소 : 노닐다 게스트하우스 (우도 / 천진항)
○ 일정 : 2020. 10. 07 ~ 10. 08 (2박)
○ 가본 곳 : 우도, 비양도
  - 카페 : 우도몬딱
  - 식당 : 소섬전복
  - 책방 : 밤수지맨드라미

우도로 간다. 세월호 이후 바다와 배에 막연한 공포가 있었다. 수영은 할 줄 모르고 굳이 배우고 싶지도 않으니 아예 물에 가까이 가지 않는 쪽을 택했다. 그래도 제주에 두 달 가까이 있는데 우도에 안 갈 수는 없을 것 같아 가보기로 했다. 걸어서 하루에 다 보기에는 벅차다고 해서 천진항 바로 앞에 있는 게스트하우스를 1박 예약했다. 전복 요리가 맛있다는 식당도 가고 작은 책방도 가볼 생각이다.

천진항으로 가는 배는 매시 30분에 뜬다고 하여 10시 30분에 맞춰 탔는데 내려보니 하우목동항이다. 그때그때 상황에 따라 운영한다는데 그럴 거면 시간표는 왜 붙여놨나 싶다. 게스트하우스에 전화하니 가끔 그런 경우가 있다고 한다. 우도 안에 택시는 없고 버스가 있으니 타고 오라고 한다. 정류장을 찾아 운행표를 보니 30분 간격이다. 그냥 걷기로 한다. 하우목동항은 우도의 10시 방향, 천진항은 6시 방향에 있다. 걸어서 40분 정도 되는 거리다. 캐리어 두 개를 끌고 걷기 시작한다. 역시 나는 걷는 게 어울린다. 이게 나의 여행이다.

걷다 보니 섬 속의 섬이라는 말이 이해된다. 멀리 성산일출봉이 보이는데 사이에 바다가 있다. 우도에서는 제주도가 육지처럼 보인다. 이렇게 고립된 곳에 사는 기분은 어떨까. 그래도 있을 건 다 있는 것 같다. 식당과 카페는 꽤 많다. 당구장과 노래방도 하나씩 있다. 심지어 단란주점도 있다. 옆집 숟가락 개수까지 알 것 같은 곳에서 유흥업소를 가는 사람이 있을지는 모르겠지만.

숙소에 도착했다. 털이 까만 개[1]가 얌전히 엎드려 있다. 개를 만지며 땀을 식히는데 사장님이 말한다.

"지금 바람 부는 거 보여요? 내일 배 안 뜰 것 같은데 내일 꼭 나가야 하면 차라리 지금 나가요. 숙박비는 환불해 줄게. 안 그러면 며칠 동안 못 나갈 수도 있어요."
"에이, 설마요. 올 때 보니까 배 엄청 크던데 그 배가 못 뜰까요? 그래도 천천히 돌아보려고 왔는데 하루는 자야죠."
"배 크기가 문제가 아니라 기상 특보가 내리면 전부 운항이 금지돼요. 하루가 며칠이 될 수도 있어요. 마지막 배는 다섯 시 반에 나가니까 잘 생각해봐요. 볼 거 있으면 빨리 보고 나가는 게 나을 수도 있어요."
"아녜요. 기왕 왔는데 자고 갈게요. 배 안 뜨면 며칠 더 있죠, 뭐."

짐을 놓고 나왔다. 서쪽 해안을 따라 걷는다. 산호해수욕장을 지나 하우목동항까지 다시 올라갔다. 바람이 시원하다. 파도가 통쾌하게 부서진다. 해안도로 바로 앞까지 바다가 밀려온다. 북서쪽 해안까지 올라갔다가 발길을 돌렸다. 피곤하기도 했고, 하루에 다 돌면 볼 게 없어질까 봐 아껴두기로 했다.

---

1   이름이 '까뮈'다. 다른 곳에서 학대당하던 녀석을 구해왔다고 한다. 공격적이지는 않지만 어딘가 주눅 들어 있는 듯하다.

숙소로 돌아오니 사장님이 누군가와 통화를 하고 있다.

"내가 아까 다른 손님한테도 얘기했는데, 지금 바람이 안
좋아서 내일 배가 안 뜰 거예요. 여기 며칠 있어야 될 지
도 모르는데 괜찮겠어요? 그래요. 마지막 배로 들어왔으
면 어차피 나갈 수도 없네. 왜 또 먼 곳에 내렸대. 어여 내
려와요. 내가 일하는 중이라 데리러 갈 수가 없네."

누가 또 오는 모양이었다. 조금 전에 나간 배가 마지막 배였
단다. 사람들이 **빠져나간** 섬은 조용하다. 나는 어차피 하루 잘 계
획이었으니 상관없다. 편의점에서 도시락을 사 와서 먹었다. 공용
공간에 기타가 있어서 가지고 놀았다. 조금 있으니 한 여자가 들
어왔다. 이마에 맺힌 땀을 닦는 모습이 보기 좋다.

해가 진다. 슬리퍼를 신고 천진항으로 해를 보러 나갔다. 구름
사이로 살구색 빛이 커튼처럼 일렁였다. 발밑에서는 파도가 쳤다.
배도 없고 사람도 없는 항구에 앉아 지는 해를 보며 노래를 불렀
다.[1] 외롭지만 행복했다. 바깥이 어두워져서 방으로 들어왔다. 6
인실을 혼자 쓴다. 방은 아주 따뜻했다. 암막 커튼이라 불을 끄니
아무것도 보이지 않았다. 혼자 있어 무서웠다.

아침에 일어나니 바람이 심상치 않다. 조식으로 커피와 머핀
을 내주던 사장님이 말한다.

1 "이 죽일 놈의 고독은 취하지 않고 나만 등대 밑에서 코를 골았다" 시인
이생진의 시 〈고독〉에 가수 이광석이 노래를 붙였다. 이생진은 바다와 섬에
대한 시를 많이 썼다. 우도에도 살았다고 한다.

"바람 부는 거 보이죠? 오늘 배 안 뜰 거예요."

"진짜요? 어디다 물어봐야 하죠?"

"매표소에 전화해 봐요."

들어올 때 매표소에서 받은 안내문에 전화번호가 있었다. 몇 번을 걸어도 계속 통화 중이더니 ARS로 연결되었다. "풍랑주의보가 발효되어 금일 우도-성산 간 선박은 운항하지 않습니다." 라는 안내가 나왔다. 옆에 있던 여자가 말한다.

"진짜 갇힌 거예요? 와, 재밌다! 이런 일 처음 겪어봐요!"

숙소에는 나와 그녀뿐이다. 커피를 마시며 이야기를 나눴다. 원주에서 온 그녀는 쿠팡 물류센터에서 야간 근무를 하다가 얼마 전에 퇴사했다고 한다. 몸 쓰는 일은 아니었는데도 밤낮이 바뀌니까 너무 힘들었다고. 아끼고 모은 돈으로 길게 여행을 왔다고 한다. 나처럼 편도만 끊고 와서 돌아갈 계획이 없단다.

그녀도 기타를 칠 줄 안다고 했다. 코타로 오시오[1]의 연주곡을 들려주었다. 나는 기타를 건네받아 김광석의 노래를 불렀다. 어설프지만 한 곡씩 주고받으니 재미있었다. 어느새 사장님도 옆에 앉아 같이 노래를 불렀다. 우리를 보고 잘 어울린다고 했다. 기분이 좋았다.

---

1 Kotaro Oshio. 일본의 기타리스트. 핑거스타일 주법의 대중화를 이끌었다. 〈황혼Twilight〉 등의 연주곡은 기타 입문자들이 꼭 한 번씩은 도전해볼 정도로 유명하다.

같이 밖으로 나왔다. 배가 끊긴 우도는 썰렁했다. 식당이며 카페며 문을 연 곳이 하나도 없었다. 편의점도 문이 닫혀 있어 전화를 걸어 사람을 불러내야 했다. 북쪽 끝에 자리 잡은 책방을 찾았다.[1] 구경하고 있으니 다른 손님들도 왔다. 우도에 갇힌 게 우리만이 아니었나 보다. 책을 사서 나오는 길에 해안도로에 나란히 앉아서 파도치는 풍경을 한참 바라봤다. 시원했다.

해 질 무렵이 되어 숙소로 돌아왔다. 저녁을 먹어야 하는데 문을 연 식당이 없었다. 바로 앞에 있는 편의점에는 먹을 게 없었다. 우도 가운데에 있는 농협 하나로마트는 밤 10시까지 열려 있다고 했다. 둘이 걸어서 다녀올까 했는데 어둡고 바람 불어 무섭다며 사장님이 차로 태워다주었다. 내일도 못 나갈 경우를 대비해서 컵라면과 컵밥, 만두를 넉넉히 사 왔다.

배가 끊긴 섬. 문 닫힌 식당. 둘밖에 없는 게스트하우스. 컵라면에 만두를 먹으면서 이야기를 나누는 것조차 즐거웠다. 언제 나갈 수 있을지 더는 묻지 않기로 했다. 가만히 있다 보면 곧 바람은 잠잠해지겠지. 마음의 난리도 언젠가는 가라앉겠지. 기다리면 지나가겠지. 그러면 다시 움직일 수 있겠지. 그렇게 생각해야지. 지금, 여기. 혼자가 아니어서 다행이다. 같이 밥 먹고 이야기할 사람이 있어 감사하다.

---

1 아침에 인스타그램을 보니 '오늘은 바람이 많이 불어 문을 열지 않습니다' 라는 공지가 올라와 있었다. 우도에 하나밖에 없는 책방이라 꼭 가보고 싶어서 DM과 문자를 보냈다. '책 3권 살 테니 30분만 문 열어주시면 안 될까요?' 그랬더니 오후에 문을 열어주셔서 잘 구경하고 책도 사 왔다. 밤수지 맨드라미 서점 감사합니다.

비양도

둘이서 새벽 1시까지 얘기를 나누고 방으로 들어왔다. 5시에 일어나서 해 뜨는 걸 보러 가기로 했다. 우도의 북동쪽 끄트머리에 비양도가 있다.[1] 섬인데 도로로 연결되어 걸어서 들어갈 수 있다. 야영지가 있어 캠핑족이 많이 찾는다고 한다. 구름이 껴서 해가 보일지는 모르겠지만 한 번 가보기로 했다.

4시 30분에 잠이 깼다. 씻고 나갈 준비를 했다. 5시에 숙소 문 앞에서 만나 같이 걷기 시작했다. 네이버 지도를 켜니 비양도 입구까지 50분, 캠핑장까지는 10분 정도 더 걸으면 된다고 나온다. 이런저런 이야기를 나누며 천천히 걸어갔다. 새벽 풍경은 아련했다. 하늘에는 회색 구름이 많았다. 가끔 개가 짖었다. 어느 골목, 가로등 빛을 받아 노랗게 물든 담벼락을 보고 왈칵 눈물이 솟았다. 우리는 말없이 사진을 찍었다.[2]

5시 50분쯤 비양도 입구에 도착했다. 해가 뜨려면 아직 40분을 더 기다려야 한다. 편의점 의자에 앉아 잠깐 쉬었다. 비양도로 들어가는 길은 좁고 구불구불했다. 도로 표시등도 없고 가로등도 없다. 하늘은 회색, 바다는 검은색이다. 굽은 길 양쪽에서 파도가 거세게 친다. 발 앞이 보이지 않는다. 스마트폰 2개를 합쳐 불을 켜고 가보려는데 무섭다. 둘 다 선뜻 발을 떼지 못한다. 내가 먼저 말을 꺼냈다.

1　제주 서쪽에도 비양도가 있다. 우도보다는 작고 남쪽의 가파도와 비슷한 크기다. 한림항에서 배를 타고 들어가야 한다.

2　제주 여행을 하면서 사진도 많이 찍고 인스타그램에 올리기도 했는데 책을 쓰면서 지우고 있다. 사진보다 기억과 마음에 남은 추억이 더 애틋하게 느껴져서다. 그런데 이 한 장의 사진은 지우지 못하겠다. 그녀와 함께 걷던 새벽은 잊고 싶지 않다. 그녀가 보고 싶다.

"우리 팔짱 끼면 안 돼요? 나 저기 무서워서 못 가겠어요."

"뭐예요~ 겁이 많으시네~"

"그쪽은 괜찮아요? 난 무서운데."

"저도 무서워요."

"그럼 낍시다."

그녀의 팔에 손을 집어넣었다. 그녀가 까르르 웃으며 손을 풀고 나에게 팔짱을 낀다.

"에이, 남자가 팔짱 끼는 게 어딨어요? 그리고 조금 전에
그건 뭐죠? 난 무쩌웡? 지금 저한테 애교 부리신 거예요?"

"제가 언제 무쩌웡이라고 했어요! 무서웡... 했지"

"히히, 남자가 무쩌웡이래~ 놀려야지, 무쩌웡!"

그렇게 웃으며 깜깜한 길을 걸었다. 옆에서 파도가 치지만 팔짱을 끼니 훨씬 덜 무섭다. 바람막이 안에 있을 그녀 몸의 곡선이 느껴진다. 그녀의 체온과 떨림이 전해진다. 나도 떨고 있다. 추워서일까. 내 떨림은 그녀에게 전해졌을까.

비양도는 황량했다. 하늘은 흐리고 세찬 바람이 불었다. 캠핑하는 사람은 아무도 없다. 이틀째 배가 끊길 정도인 날씨를 생각하면 당연한 일이다. 언덕 위에 있는 봉수대에 올라가니 시야가 트인다. 점점 사방이 밝아오는데 구름이 잔뜩 껴서 해는 보이지

않는다. 오늘 일출 보기는 실패다. 그래도 좋다. 혼자서는 오지 않을 길을 함께 걸어 여기에 같이 있으니까. 흐리고 춥지만 체온을 느끼며 많이 웃고 이야기를 나눴으니까.

그녀는 계속 사진을 찍었다. 장난을 치는 건지 진지하게 찍는 건지 모르겠지만 앉아서도 찍고 누워서도 찍는다. 보고 있으니 미소가 번진다. 사흘 동안 많은 일이 있었다. 제주도. 우도. 풍랑주의보. 고립. 함께 먹은 컵라면. 한 곡씩 들려주던 기타 연주. 많은 이야기, 함께 걸었던 길, 깜깜한 바다, 파도 소리, 엉킨 팔과 기댄 몸, 따뜻한 떨림. 거기에 마침표를 찍고 싶었다.

사진이 아니라 기억에 오래 남을 일을 만들고 싶었다. 바람 부는 바닷가에 둘밖에 없는데, 우리는 마스크를 쓰고 있다. 용기를 내더라도 보호막이 있는 셈이다. 코로나가 번지는 이 시국에 마스크를 벗기는 것은 속옷을 벗기는 것만큼 강제적이고 폭력적일 수 있다. 계속 눈치를 보지만 차마 말을 꺼낼 수 없다. 내 마음은 이렇게 복잡한데 그녀는 사진만 찍고 있다.

예보된 일출 시각이 한참 지났다. 사방은 완전히 밝아졌다. 깜깜할 땐 보이지 않던 풍경이 눈에 들어온다. 아쉬운 마음을 안고 숙소로 걷기 시작한다. 비양도에서 천진항까지 한 시간을 또 걸어야 한다. 그래도 오늘은 배가 뜨겠지. 나가면 헤어지겠지. 다시 볼 수 없겠지. 말해야겠다.

"아까 저 위에서 사진 찍을 때 있잖아요. 나 사실 당신한테 키스하고 싶었어요."

"네? 그게 무슨 말이에요? 갑자기 왜..?"

"계속 사진만 찍었잖아요. 사진 말고 기억에 남기면 좋겠다는 생각이 들었는데.. 보니까 우리가 마스크를 쓰고 있더라고요? 하하하,,"

"저는 그런 생각 1도 안 했는데. 그런 얘기는 왜 하시는 거예요. 사람 마음 불편해지게."

"오늘 배 뜨면 나가야죠. 우리 이제 못 보잖아요."

"또 보면 되죠! 저 제주도 오래 있을 거예요."

"그래요. 그럼 또 봅시다. 다음에는 우리 손 잡는 건가요?"

"뭐래~ 빨리 집에 갑시다!"

숙소로 돌아와 바람에 떨던 몸을 커피로 덥힌다. 매표소에 전화해 보니 자동응답기가 아니라 사람이 받는다. 오늘은 배가 뜬단다. 얼른 짐을 싸서 항구로 향한다. 오전 10시 반. 성산으로 나가는 배에는 우리 둘밖에 없다. 이틀 동안 들어 온 사람이 아무도 없으니까 그럴 만도 하다. 성산항에 내렸다. 악수를 하고 헤어진다. 잡은 손을 괜히 쓰다듬어 본다. 이제 나는 위쪽으로, 그녀는 아래쪽으로 간다. 각자의 여행을 하다가 기회가 되면 또 만나기로 했다. 다시, 혼자 걷는다.

다시 찾은 성산

○ 숙소 : 평대리943 Tu Casa 게스트하우스 (구좌읍 / 평대리)
○ 일정 : 2020. 10. 09 ~ 10. 13 (5박)
○ 가본 곳 : 세화해수욕장, 올레길 1코스
 − 카페 : 달책빵, 카페라라라, 마레1440, 제주아이
 − 식당 : 호자, 얌얌돈가스, 해녀짬뽕
 − 책방 : 제주풀무질, 삼춘책방, 언제라도

평대리로 왔다. 깨끗하고 감각적인 숙소다. 기타가 두 대나 놓여 있다. 그녀와 함께 왔다면 같이 쳤을 텐데 아쉽다. 그녀는 성산으로 갔다. 내가 추천한 게스트하우스에 가보고 싶단다. 사장님께 연락해 잘 부탁드린다고 얘기해 두었다. 보고 싶지만 참는다. 며칠 붙어 있었으니 혼자만의 시간도 필요하다. 아직 사귀는 사이도 아니다. 마음을 가다듬고 거리를 조절해야 한다.

노트북을 들고 카페로 가는 길에 무언가를 주웠다. '해녀증'이다. 해녀의 활동을 어촌계에서 관리하는 모양이다. 줍기는 했는데 어디로 가져다줘야 할지 모르겠다. 일단 근처에 있는 사회복지관에 들렀다. 사무실로 들어가 해녀증을 주웠다고 하자 어촌계에 연락해서 돌려주겠다고 한다. 다행이다.

책방을 몇 군데 들렀다. 책과 빵을 같이 파는 곳은 책보다 빵에 주력하는 듯했다. 인테리어가 예뻐서 사진 찍으러 온 사람이 많았다. 앉아서 글 쓰고 있기가 민망했다. 서울에서 사회과학 서점으로 유명했다는 곳은 생각보다 별로였다. 비건, 페미니즘 등 요즘 잘 팔리는 책들은 다 가져다 놓았다. 책을 고르는 안목이나 시선이 보이지 않아 아쉬웠다.

세화 해수욕장이 가까워서 가보았다. 우도에 비하면 완전히 번화가다. 해변을 따라 카페와 식당이 줄지어 늘어서 있다. 돌담길 위에 작은 의자와 꽃마차를 예쁘게 놓아두었다. 커플들이 올라가 사진을 찍었다. 부러웠다. 바다에는 카이트서핑을 하는 사람이 많았다. 빨갛고 노란 연이 오르락내리락했다. 사진을 찍어 보내주었다. 이런저런 얘기를 하다가 다음날 만나기로 했다. 올레길 1코스를 함께 걷자고 한다. 나는 2주 전에 성산에 머물면서 다 돌아보았지만 그때는 혼자였다. 함께 걷는 길은 뭔가 다를 것 같았다.

오전 10시, 스타벅스에서 만났다. 아침으로 샌드위치를 나눠먹었다. 광치기해변 입구에는 소쿠리에 귤을 파는 할머니가 있다. 나란히 걸어가니 "예쁜 아가씨! 이리 와, 귤 하나 줄게." 한다. 그녀가 쪼르르 달려가 귤을 두 개 얻어온다. 이러면 나는 안 살 수가 없다. 지갑을 꺼내 만 원을 건네고 귤 한 봉지를 받아든다. 이런 귤을 사 먹으면 바보라는 말을 들었지만 어쩔 수 없다. 옆에 있는 사람을 위해 한 번쯤 호구가 되어도 좋다.

모래사장에는 조랑말 몇 마리가 묶여 있다. 5천 원을 내면 잠깐 타볼 수 있단다. "동생은 탈 수 있겠는데 오빠는 덩치가 커서 안 되겠네!" 하자 그녀가 킥킥 웃는다. 오전의 광치기해변은 정말 아름답다. 그녀는 연신 탄성을 지르며 사진을 찍는다. 커다란 성산일출봉이 보이는 앞으로 잔잔한 파도가 인다. '윤슬'[1]이라는 단어를 알려주자 그녀는 신기해한다. 반짝이는 바다를 바라보며 생각에 잠긴다. 나는 이 사람과 어떤 사이가 될 수 있을까. 그녀도 나와 같은 마음일까.

성산일출봉 입구에는 식당이 많다. 중국집에 들어가 짬뽕과 탕수육을 먹었다. 후식으로 한라봉 아이스크림을 먹고 싶었는데 문을 안 열었다. 옆에 있는 기념품 가게에 들렀다. 무드등, 에코백, 마그넷, 액세서리, 책갈피 등 예쁜 물건이 많다. 제주에 관한

---

1   햇빛이나 달빛에 비치어 반짝이는 잔물결

립출판물도 조금 있다. 〈글 쓰는 제주〉를 내면 입고 문의를 해봐야겠다. 그녀는 스티커를 집어 든다. 성산일출봉, 우도 등 제주의 각 지역이 예쁘게 그려져 있다. 카페에 앉아 내 노트북에 스티커를 붙였다. 우도는 우리에게 특별한 곳이다. 바람과 파도, 새벽의 비양도를 떠올리며 웃었다.

올레길 1코스를 완주하려면 오름 두 개를 넘어야 하는데 시간이 많이 늦었다. 사실 나는 올레길 도장 찍기에 관심이 없다. 그녀는 나중에 혼자 도장을 찍으러 가야겠다고 했다. 한참 늘어져 있다가 게스트하우스 사장님이 추천해 준 흑돼지 맛집에 갔다. 시골길을 걷는데 동네 개들을 만났다. 나에게는 짖는데 희한하게도 그녀에게는 와서 꼬리를 흔들고 몸을 비빈다. 신기해서 쳐다보고 있으니 개를 만나면 몸을 낮추고 손바닥을 내밀어서 냄새를 먼저 맡게 해야 한단다. 갑자기 거인이 나타나서 위에서 내려다보면 얼마나 무섭겠냐고 하니 이해가 된다.

개들을 한참 만지고 놀다가 걸음을 옮기는데 꼬질꼬질한 백구 한 마리가 쫄래쫄래 따라온다. 저리 가라고 손을 내젓는데도 혀를 내밀고 쫓아온다. 중간에 다른 개를 만나서 놀길래 '아, 친구 만나러 여기까지 왔구나' 했는데 어느새 또 옆에 와 있다. 우리가 마음에 들었나 보다. 외롭지 않게 길동무를 해주는 것 같아 고맙다. 그렇게 셋이서 흑돼지집 앞까지 왔다. 먼 길을 왔는데 줄 게 없어서 미안했다. 우리가 안으로 들어오니 그제야 발길을 돌린다. 고기는 정말 맛있었다. 둘이서 한라산 소주 한 병을 나눠 마셨다.

피곤해서 택시를 탔다. 함께 성산에 내려 게스트하우스에 인사를 드리러 갔다. 아쉽지만 나는 다시 평대리로 가야 한다. 숙소로 돌아와 노트북을 꺼내니 앙증맞은 스티커가 보인다. 배시시 웃음이 나온다.

마지막처럼

○ 숙소 : 사랑각3433 게스트하우스 (구좌읍 / 월정리)
○ 일정 : 2020. 10. 14 ~ 10. 18 (5박)
○ 가본 곳 : 법환포구, 월평포구, 올레길 7코스
  − 카페 : 카페한라산
  − 식당 : 달이뜨는식탁, 황금손가락
  − 책방 : 책다방, 서점숙소, 책방오후

행원리로 왔다. 산 중턱에 있는 숙소다. 대전에서 독서모임 멤버가 추천해준 곳인데 이렇게 먼 곳에 있는 줄은 몰랐다. 월정리 바다 앞에서 택시를 타고 굽은 산길을 한참 올라왔다. 짐을 놔두고 다시 내려가려는데 엄두가 안 난다. 네이버 지도는 나를 이상한 길로 안내했다. 포장도 안 된 산길을 지나니 웬 폴로 경기장이 나온다. 한 시간 넘게 걸어 다시 월정리로 내려왔다.

바다는 예쁜데 물가가 비싸다. 6천 원짜리 커피를 마시며 아픈 다리를 쉬었다. 골목 구석구석 예쁜 가게가 많다. 책방도 있고 북카페도 있다. 돈가스 맛집을 찾았다. 크기와 두께가 엄청나다. 15,000원에 1.5인분이다. 혼자 다 먹으니 배가 부르다. 소화도 시킬 겸 걸어서 올라갔다. 원래 저녁마다 포트럭 파티[1]를 하는 곳인데 3인 이상 집합금지 명령 때문에 모두 취소다. 공용 공간에는 책이 많은데 대부분 옛날 거라 딱히 볼 만한 게 없다. 이외수 작가의 소설을 골라 방으로 올라왔다.

침대에 누워 그녀와 연락을 한다. 내일 만나기로 약속을 잡는다. 지난번에 내가 먼 길을 갔으니 이번에는 자기가 만나러 오겠다고 한다. 그런데 내일 표선에서 서귀포로 숙소를 옮기고 7코스 도장을 다 찍고 난 후에 오겠다고 한다. 거리와 버스 배차 간격을 생각하면 쉽지 않은 일이다. 표선에서 서귀포 가는 데만 1시간, 올레길 7코스 완주에도 4~5시간은 걸릴 거다. 아무래도 못 만날 것 같아서 내가 내려가겠다고 했다. 중간 지점에서 만나 마지막 도장을 같이 찍기로 했다.

---

1 Potluck. 각자 먹을 것을 가져와 함께 나눠 먹는 파티

다음 날 아침, 버스를 타고 내려갔다. 월정리에서 서귀포까지 두 시간이 넘게 걸린다. 그녀는 숙소를 옮기고 7코스 절반을 걸어오는 중이다. 법환포구에 도착해 점심으로 초밥을 먹고 커피를 마시며 기다린다. 오후의 햇살이 부서진다. 빛 너머로 그녀가 걸어온다. 손을 내밀었는데 잡아주지 않는다. 머쓱하다. 그래도 반가운 마음으로 나란히 걷는다. 그녀는 오는 동안 찍은 사진을 보여주며 재잘거린다. 멋진 풍경이 보일 때마다 멈춰서 사진을 찍는다. 그녀의 카메라를 빌려 나도 몇 장 찍어본다. 같은 장면을 보고도 찍는 구도가 달라서 신기하다. 내가 찍은 사진은 나중에 보내주기로 했다.

걷다 보니 낯익은 노란 깃발들이 보인다. '해군기지 결사반대!' 강정이다. 떠올리기만 해도 마음 아픈 곳, 제주에 석 달 넘게 있으면서도 들르지 않았던 곳을 이렇게 지나간다.[1] 비닐하우스로 된 식당이 있어 들어갔다. 함께 투쟁하러 온 연대 단체들이 식사를 하던 곳이다. '중덕이'라는 강아지도 있었다. 한 어른이 있어 '여기가 강정마을 투쟁하던 중덕삼거리 맞냐'고 물어보니 그렇다고 한다. 늙고 더러운 개가 어슬렁거린다. 그 개가 중덕이란다. 눈물이 핑 돈다. 내가 이곳에서 연행된 게 2011년이니 그럴 만도 하다. 우리는 모두 9년씩 늙은 거니까. 그녀가 착잡한 내 표정을 살피며 팔을 잡아끈다.

---

1 나는 2011년 여름, 강정마을 해군기지 반대 투쟁에 연대하러 왔다가 공무집행방해 혐의로 경찰에 체포되어 조사를 받은 적이 있다. 조무래기 대학생이라 무혐의로 풀려났지만 경찰서에 잡혀간 첫 경험이었다.

올레길은 건너편 해군기지 아파트로 이어져 있다. 깔끔한 건물 옆으로 운동장과 산책로가 있다. 올레길을 따라 운동복 차림의 젊은 남자들이 뛰어 지나간다. 언뜻 평화로워 보이는 광경이다. 기지는 완성되었고 강정은 이제 사람들의 관심을 받지 못한다. 그러면 이곳에 더 이상의 갈등은 없는 걸까. 구럼비는 부서지고 깨어져 돌아올 수 없지만, 사람들의 마음에 난 상처는 어떻게 되었을까. 그들은, 우리는 아무 일도 없었던 것처럼 살아갈 수 있을까.

걷고 걸어 월평포구에 도착했다. 해 지는 모습이 아름답다. 카메라와 눈에 마음껏 담았다. 금세 주변이 어두워지기 시작했다. 바쁘게 걸어 7코스의 마지막 도장을 찍었다. 버스를 타고 법환포구로 돌아왔다. 벌써 7시, 해가 졌다. 간단하게 저녁을 먹고 헤어지기로 했다. 포구 앞 언덕에 예쁘게 불을 밝힌 가게가 있어 들어갔다. 간단한 안주와 술을 파는 음악 살롱이다. 소시지야채볶음과 라면, 오리구이를 안주로 소주 두 병을 마셨다.

게스트하우스로 바래다주는 길.

"오빠, 우리 손 잡을까요?"

"갑자기 왜요?"

"아까부터 계속 손잡자고 했는데 내가 거절했잖아요. 마음 바뀌기 전에 빨리 잡아요."

빼지 않고 잡았다. 그녀가 먼저 깍지를 꼈다. 술을 마셔서일까. 따뜻했다. 어느새 9시. 나는 다시 버스를 타고 두 시간을 가야 한다. 카카오택시를 찍어보니 4만 원이 넘게 나온다. 헤어지기 싫었다. 멀리 가기도 피곤했다.

"와, 여기서 월정리까지 가려면 버스로 2시간 넘게 걸리네요. 카카오택시 찍으니까 4만 원 나온대요. 어떻게 가지?"

"진짜 머네요. 올레길도 걸었는데 피곤하시겠어요. 버스에서 꿀잠 자겠다. 히히."

"저 도저히 못 올라가겠어요. 너무 멀어요. 우리 시내로 가서 숙소 다시 잡을래요?"

"네? 저는 여기 숙소가 있는데요."

"한 침대 쓰자는 거 아닌데. 방만 같이 써요."

"에이, 그래도 그건 좀."

"내가 덮칠까 봐 그래요? 손만 잡고 잘게요."

"손은 벌써 잡았잖아요."

"아, 그렇네. 아무튼 진짜 저 너무 멀어서 못 가겠어요."

"버스정류장까지 데려다줄게요. 버스 타서 푹 자면 도착해 있을걸요?"

"아 정말 아쉽다. 알았어요. 갈게요."

"가면서 읽어보세요. 편지 썼어요."

그녀가 공책 한 권을 쥐여준다. 버스에서 펴 보니 연필로 편지가 적혀 있다. 내가 알려준 게스트하우스가 너무 좋았고, 거기에서 내 책을 다 읽었다고 했다. 마음에 난리를 일으킨 사람이 밉겠다며, 이번 여행이 오빠에게 조금이라도 위로가 되었으면 좋겠다고 했다. 일상으로 돌아가 응원할 테니 우도와 제주의 추억 잘 간직하자고 했다. 아, 이것은 이별 편지구나. 그래서 마지막으로 함께 걷고 밥을 먹고 손을 잡아줬구나. 마음이 아프다. 그래도 영영 못 만나지는 않겠지. 앞으로도 잘 지내고 싶다. 제주도가 아니더라도, 육지에 올라가서도 연락하고 만나면 좋겠다. 벌써 보고 싶다. 편지를 곱씹어 읽으니 더 애틋해진다.

슬픈 별 나들이

○ 숙소 : 벼리 게스트하우스 (구좌읍 / 하도리)
○ 일정 : 2020. 10. 19 ~ 10. 20 (2박)
○ 가본 곳 : 세화 해수욕장, 아부오름 입구
  − 카페 : 블랑드오조
  − 식당 : 온더스톤브런치카페
  − 책방 : 소심한책방

열흘 넘게 구좌읍에 머물고 있다. 평대리에서 행원리로 갔다가 하도리로 왔다. 세화 해수욕장 옆 거리가 눈에 익다. 이번 숙소는 '별 나들이'로 유명한 곳이다. 오전에 짐을 옮겨놓고 제주 시내로 나갔다. 약이 이틀 치밖에 없어 병원에 들러 2주분을 추가로 받았다. 맘스터치에서 점심을 먹고 스타벅스에 앉아 글을 한 편 썼다. 보고 싶은 사람과 틈틈이 연락도 했다.

오후가 되자 게스트하우스의 단톡방이 열렸다. 어색한 분위기 속에 각자 입실 예정 시각을 알린다. 근처 맛집, 일몰 시각 등 여러 정보도 올라온다. 사장님은 약간 지나치다 싶을 정도로 규칙과 규정을 강조한다. 사람 상대하는 일이니 조금씩 여지를 주다 보면 한도 끝도 없어질 것 같기는 하다. 정확하게 안내하고 제대로 지키는 게 서로 깔끔하고 좋겠지.

해가 졌다. 구름이 약간 끼었지만 별을 보러 간다고 한다. 다른 게스트하우스와 함께 가는 모양이다. 채팅방에 20명이 넘는 인원이 모였다. 춥다고 겁을 잔뜩 주어 롱패딩을 꺼내 입었다. 남는 패딩은 빌려줬다. 여자들은 스타렉스에 타고 남자들은 렌터카로 뒤따라갔다.

아부오름 입구. 가로등이 하나도 없었다. 너른 평지에 자리를 깔고 앉았다. 구름이 조금씩 걷혀 점점 많은 별이 보였다. '벼리 사장님'이 설명을 시작했다. 하늘까지 닿는 녹색 레이저에 모두 탄성을 질렀다. 하늘을 보는 방법을 알아야 별을 많이 볼 수 있다고 했다. 카시오페아로 북극성을 찾고, 백조자리를 봤다. 화성과

목성, 토성이 한 줄에 놓여 있는 황도를 봤다. 은하수도 보인다고 하는데, 시력이 나빠서인지 구름과 구분하지 못했다.

아예 누워서 보기 시작했다. 일행이 있는 사람들은 도란도란 이야기를 나눴다. 스마트폰으로 밤하늘을 예쁘게 찍는 방법도 배웠다. 나무를 배경으로 한 명씩 사진을 찍었다. 저마다 '인생샷'을 건지기 위해 분주했다. 풀벌레 소리가 들리는 가운데 소란하면서도 차분한 분위기가 즐거웠다. 남들이 줄 서서 사진 찍는 동안 나는 검은 롱패딩으로 몸을 감추고 어둠 속에 숨어 있었다. 별을 보는데 슬펐다.[1] 어릴 때는 나도 별을 보며 신기함과 놀라움을 느꼈는데, 그토록 원하던 대학에 간 후로는 밤하늘을 기쁘게 올려다본 적이 없다. 천문우주학과는 두꺼운 원서와 논문이 아니라 진짜 밤하늘을 보는 방법을 가르쳤어야 했다. 그랬다면 나처럼 방황하는 학생들이 조금은 줄었을 것이다.

내가 배운 건 대체 뭐였을까. '천체관측법'은 비유클리드 기하학의 삼각함수 공식을 외우는 과목이었고, '우주비행학'은 궤도요소를 분석해 발사체나 인공위성의 최적 궤도를 계산하는 것이었다. 과학관 옥상에 망원경을 설치하고 별을 관측한 적도 있기는 했다. 서울 한복판에서 금성이 너무 밝게 보여 관측 장비가 타버릴 정도로 하늘이 좋은 날이었다.

---

[1] 천문학과 출신은 '별'을 '핵융합으로 스스로 빛을 내며, 열에 의해 팽창하는 힘과 무게 중심으로 향하는 중력이 정역학적 평형을 이루는 구형의 기체 덩어리'로 표현할 수밖에 없다. 천문학과에서는 온갖 수학 공식만 배운다. 흔히 생각하는 '별 보는 낭만' 같은 건 없다.

하지만 우리는 그토록 밝은 별을 기쁜 마음으로 볼 수 없었다.[1] 은하 형성 모델의 시뮬레이션을 돌리는 대학원 선배들 옆에서 밤새 지루한 보정 작업[2]을 하며 과제를 했다. 과제 따위 던져버리고 누워서 하늘이나 봤다면, 밤새 망원경을 움직여 아름다운 성운이나 은하를 봤다면 평생 남을 추억이 되었을 텐데 말이다.

'별 나들이'를 마치고 돌아오는 내내 나는 슬펐다. 별을 보고 즐거워하는 사람들을 보면 마음이 아프다. 아무도 나의 슬픔을 모르겠지만 나는 안다. 꿈을 잃은 아픔을 극복하지 못했다는 것을. 나는 아직도 과거에 묶여 있다. 제주도에 앉아 글을 쓴다고 해서 벗어나 지지가 않는다. 마음의 난리는 멈추지 않았다. 오늘은 차라리 비가 오면 좋겠다.

---

1 천문학자가 되려면 우주의 언어인 수학을 이해하고 활용할 줄 알아야 한다. 추상적인 개념을 정의하고 수학적, 물리학적 의미를 음미하며 정확한 계산으로 합리적 추론을 하는 것은 과학자의 기본적인 능력이다. 자연과학 계열의 학부 및 대학원에서는 그 능력을 갖추기 위해 끝없는 '지적 훈련'을 한다. 하지만 갓 입시를 치르고 대학에 온 학생들에게 수학 공식만 들이미는 것은 결코 좋은 교육이 아니었다. 나처럼 꿈과 흥미만 품고 천문우주학과에 왔다가 다른 과로 옮기거나 학교를 그만두는 사람이 많았다. 교수들도 학생들의 중도 이탈에 걱정이 많았지만 뾰족한 수가 없었던 듯하다. 세계 무대에서 연구하는 학자가 되려면 그러한 훈련이 필요한 건 사실이니까.

2 일반인이나 아마추어는 '보기 좋은' 사진을 찍기 위해 애쓰지만 '천문학적 연구'를 위한 사진은 정확해야 한다. CCD(전하결합소자)의 각 화소에 들어온 빛의 양에서 지구 대기나 성간 물질에 의한 감쇄, 지구 자전 및 공전에 의한 오차 등 숱한 보정을 거쳐야 '정확한' 관측값이 나온다. 관측도 중요하지만, 보정을 잘해야 좋은 데이터가 나온다.

차단

오후 1시가 되도록 어제 보낸 카톡의 '1'이 사라지지 않는다. 오늘 그녀는 서울에서 여행 오는 이모를 만나러 간다고 했다. 서귀포에서 공항까지 먼 길을 가려면 정신없겠거니 했다. 바쁘면 나중에 연락 달라는 메시지를 남겼다. 그런데 3시가 지나도 읽지 않는다. 기분이 좋지 않다. 오후 5시쯤 전화를 걸었다.[1] 받지 않았다. 15분쯤 뒤에 다시 걸었다. 역시나 받지 않았다.

"지금은 전화를 받을 수 없어…"

느낌이 싸하다. '차단'의 감이 온다. 하지만 왜? 어젯밤까지 게스트하우스 얘기하면서 별 사진도 보내주고 잘 자라고 인사도 했는데? 내가 뭘 잘못한 걸까? 갑자기 무슨 심경의 변화가 있는 것일까? 아니면 그동안 나한테 불편한 게 있었는데 쌓아두고 말을 못 하다가 이제 터진 걸까? 내가 둔했던 걸까? 눈치가 없었던 걸까?

그녀는 10월 28일에 원주로 돌아갈 비행기 표를 예매했다고 했다. 아직 일주일쯤 여유가 있으니 그럼 또 만나자고 했는데 이제는 혼자서 지내고 싶다고 했다. 혼자 여행 와서도 막상 혼자 있었던 시간이 없었다며. 이해는 하겠는데 그렇다고 차단을? 모든 것이 의문이다.

---

1 그동안은 밤에 카톡을 하다가 얘기가 길어지면 그녀가 먼저 전화를 걸어왔다. 30분씩 두 번이나 통화를 했다. 오히려 전화에 어색함과 거부감이 있는 것은 내 쪽이다.

<u>오름에게</u>

○ 숙소 : 서점숙소 게스트하우스 (조천읍 / 북촌리)
○ 일정 : 2020. 10. 21 ~ 10. 30 (10박)
○ 가본 곳 : 함덕 해수욕장
 ─ 카페 : 아라파파북촌, 알마커피제작소, 에이바우트커피
 ─ 책방 : 만춘서점

머리가 복잡한 가운데 북촌리로 숙소를 옮겼다. 책이 많은 곳이다. 젊은 남매가 서점과 게스트하우스를 운영한다. 저녁마다 모여서 책을 읽고 대화를 나누는 필사 모임 시간이 있다. 책에 대해 이야기하고 싶어서 이곳을 택했다. 여행하면서 많은 책을 읽고 글을 썼지만 진지하게 대화를 나눌 상대가 없었다. 체크인 시간 전이라 짐을 놔두고 나왔다. 카페로 가려고 걷는데 오른발 뒤꿈치가 따갑다.

양말을 벗어보니 피가 난다. 3개월 넘게 신은 운동화가 닳아서 맨살이 쓸리고 있다. 참 되는 일도 없다. 사서 고생하고 있는 내 탓이다. 쓸쓸한 마음으로 택시를 타고 제주 시내로 갔다. ABC 마트에서 8만 원짜리 신발을 샀다. 미용실로 가서 머리를 자르고 염색도 했다. 꽃집에 가서 장미꽃 열 송이를 샀다. 큰 서점에 가서 책도 두 권 샀다. 순식간에 20만 원을 썼다. 역시 돈을 쓰니 기분이 좀 풀린다.

숙소로 돌아와 짐을 풀었다. 10박이나 있을 곳이다. 아까 산 장미 다발을 건넨다. 사장님은 손님들의 베개 위에 올려두면 멋진 선물이 될 거라며 웃는다. 1층과 2층 곳곳에 책이 많다. 필사 시간에 읽을 책을 신중하게 고른다. 주제는 '사랑'이다. 나와는 거리가 먼 주제지만 할 얘기가 생겼으니 풀어봐야겠다. 〈망가진 대로 괜찮잖아요〉라는 제목의 책을 집어 들었다. 마음에 와닿는 문장을 발견하고 손으로 적어 보았다.

내가 당신에게 이방인이라는 이야기는, 사실 당신 역시 내게 이방인이라는 뜻이겠다. 우리는 서로가 낯설다. 아무리 가까이 있어도 타인일 수밖에 없는 사람과 사람들. 그렇다면 차라리 그게 보통이다. 어쩌면 모두가 외롭고 그게 정상이다. (184쪽)

우리는 서로의 슬픔을, 눈물을 조금 더 이해할 필요가 있다. (222쪽)

- 재은 외 열세 명, 〈망가진 대로 괜찮잖아요〉
웜그레이앤블루, 2018

내 차례가 되어 이야기를 꺼냈다. 제주를 3개월째 여행하고 있는 것, 우도에 3일 동안 갇힌 것, 한 여자를 만나 친하게 지내다가 며칠 전에 갑자기 연락이 끊긴 것. 그녀를 좋아하고 있었는데 당황스럽고 슬프다는 것. 그녀와 나는 결국 서로에게 이방인이고 타인이었다는 것. 그래도, 그렇기에 우리는 서로의 슬픔을, 눈물을 조금 더 이해할 필요가 있다는 것.

사람들은 위로를 해줬다. 어린 나이도 아닌데 일방적으로 연락을 끊는 사람은 문제가 있는 거라고 했다. 노트북을 꺼내 그녀와 함께 붙인 스티커를 보여주자 사람들은 웃으면서 얼른 떼라고 했다. 속에 맺힌 것들을 꺼내고 나니 한결 낫다. 다른 사람들의 이야기도 재밌다. 여기, 마음에 든다.

함덕 해수욕장

북촌리에는 카페나 식당이 몇 개 없다. 오랜만에 멀리 걸어보기로 한다. 함덕 해수욕장으로 간다. 공항에 가까워질수록 도시의 모습이 나타난다. 바다 바로 옆에 아파트가 있고 세련된 카페와 식당이 많다. 물가는 역시 비싸다. 아무리 검색해 봐도 4,500원짜리 아메리카노가 최선이다. 조용해서 글쓰기에는 좋다. 이 정도면 만족이다.

함덕에는 캠핑족이 많다. 공항에서 가깝고 풍경이 좋기 때문인 것 같다. 해변을 따라 수백 대의 차량과 수십 동의 텐트들이 늘어서 있다. 역시 우리나라 사람들은 취미도 '장비빨'로 한다. 이름도 모르는 아웃도어 브랜드의 텐트가 웅장하게 서 있다. '에휴, 이 뜨내기 행락객들 좀 봐라. 너희들이 제주도를 알아? 석 달 넘게 돌아다니는 내가 진짜 여행자야. 난 너희랑 달라!' 라고 생각하다 유치한 자아를 발견하고 쓴웃음을 짓는다.[1]

자기 연민과 자의식 과잉은 언제나 한 쌍이다. 집과 차가 있고, 직업과 가족이 있고, 돈과 여유가 있는 사람들이 부럽다.

1　게임 하는 사람들은 자기보다 게임을 잘하면 '밥 먹고 종일 게임만 하는 폐인새끼 쯧쯧', 못하면 '할 줄도 모르면서 민폐만 끼치는 병신새끼 쯧쯧' 욕한다. 운전하는 사람들은 자기보다 빨리 가면 미친놈이라 욕하고, 자기보다 느리게 가면 병신이라 비웃는단다. 인간의 자기중심성은 보편적인 현상인 듯하다.

거절의 역사

친해지고 싶은 사람이 있다. 만나본 적은 없지만 어떤 사람인지 궁금하고 어떤 여자인지 알고 싶다. 그는 유튜버다. 책을 여러 권 낸 작가다. 차분한 말투와 낮은 목소리가 매력적이다. 좋은 책을 소개하는 그의 눈은 빛난다. 유명한 작가가 되어서 그가 나를 인터뷰하러 오게 만들고 싶다. 진심이다.

그의 책에서 좋았던 문장을 이 책의 표지에 넣고 싶다. 사실 출처만 정확히 밝히면 한두 줄 인용하는 데에 일일이 허락을 구할 필요는 없다. 작가가 보면 당황스러울 수는 있어도 법적으로 문제가 되지는 않는다. 다만 그와 한 번이라도 연락해보고 싶다. 여기 나라는 사람이 있다고, 내가 당신의 글을 읽고 위로받았다고 말하고 싶다.

인기 유튜버이자 작가인 그녀에게 메일을 보낸다. "책을 만들고 있는데 작가님의 책을 읽다 마음에 와닿는 부분이 있어 뒤표지에 문장을 넣고자 한다. 제작 중인 표지 샘플을 첨부하니 확인해 주시기 바란다."고 적었다. 하루 뒤에 답장이 왔다. 영상과 글로만 보던 사람이 나에게 직접 메일을 쓴 것이다. 거절이다. 자신의 글을 아껴줘서 고맙지만, 표지에는 넣지 말아 달라고 한다. 유명하거나 친한 작가들의 책은 적극적으로 홍보하고 추천사도 써주는 사람인데 말이다.[1]

---

1 나는 사실관계에 오류가 있거나 누군가를 일부러 음해하고 모욕하는 문장이 아니라면, 책으로 나온 순간 문장은 작가의 손을 떠난다고 생각한다. 출처만 정확하게 밝히면 누군가가 내 글을 '씹고 뜯고 맛보고 즐기는' 것을 막을 이유가 없다. 인용되는 게 싫으면 일기장에 쓰고 감춰둘 것이지 남에게 왜 보여주는가.

이 거절은 나의 존재를 부정하는 것 같다. "나는 너와 엮이고 싶지 않아." "너 따위는 나와 친해질 자격이 없어." "너는 영원히 혼자야. 외로움 속에 홀로 죽는 것이 너의 운명이야." 그렇게 말하는 것 같다. 슬럼프에서 벗어나려면 '작은 성공의 경험'을 하나둘씩 쌓는 것이 필요하다고 한다. 우울과 자기연민도 마찬가지다. 사소하지만 따뜻한 '받아들여짐'의 경험이 필요한데 나에게는 그것이 허락되지 않는다.

첫 책을 내자 지인들이 대전에는 언제 오냐는 연락을 많이 해왔다. 오랫동안 활동했던 독서 모임에 인사를 하고 싶어 모임장에게 일정을 문의하는 메일을 보냈다. 당연히 반겨주며 얼른 오라고 할 줄 알았는데 거절의 답을 받았다. 만나고 싶은 사람이 있으면 따로 연락해서 약속을 잡고, '우리 모임'을 '이용'하지는 말란다. 그들에게 나는 이제 지나간 사람인 것이다.[1]

모두가 나를 보고 '참 외로운 사람인 것 같다'고 한다. 그러면서 아무도 나에게 다가오지 않는다. 누구도 내게 손을 내밀어주지 않는다. 겨우 용기 내어 한 걸음 다가가면 저 멀리 도망간다. 내가 겪은 거절의 역사는 무척이나 길다. 나는 거절당한다. 거부당한다. 차단당한다. 외면당한다. 오늘은 비가 온다. 하늘도 바다도 회색이다. 내 마음은 까맣다. 빛이 보이지 않는다.

---

[1] 그 모임은 한 서점에서 했다. 책이 나온 후 서점으로 10권을 보냈다. 늘 9명을 유지하는 모임이라 모두 한 권씩은 사줄 줄 알았다. 한 달 뒤에 받은 정산서에는 3권이 팔렸다고 적혀 있었다. 오랜 시간 함께 이야기를 나눈 사람들조차 나에게 관심이 없다니. 민망하고 부끄러웠다.

특별한 빛을 가진 사람은 반드시 누군가 알아봐 주는 거예요. 그 런데 당신을 알아봐 준 사람은 아무도 없잖아요. 그걸 인정해야 죠.[1]

견딜 수 없을 정도로 외로운 상태의 가장 나쁜 점은 그것을 어떻 게든 견디어야 한다는 것이다. 그렇지 않으면 끝장이니까.[2]

그냥 오는 대로 받아들여. 버티고 서서 오는 대로 받아들여라. 다른 방법이 없어.[3]

우리는 인생의 그 어떤 부분도 피해갈 수 없다. 우리는 기어이 1 초, 1초를 온몸으로 통과해야 한다. 인생에는 그것 외에 다른 방 식이 있을 수 없다.[4]

1 히가시노 게이고 장편소설, 양윤옥 옮김, 〈나미야 잡화점의 기적〉, 현대 문학, 2012. 132쪽
2 필립 로스 장편소설, 정영목 옮김, 〈에브리맨〉, 문학동네, 2009. 107쪽
3 〈에브리맨〉, 83쪽
4 김겨울 지음, 〈활자 안에서 유영하기〉, 초록비책공방, 2019. 23쪽

쉬어가는 페이지

뜬금없이 쉬어가는 페이지를 만들었다. 여기에는 11월 1일부터 5일까지 5박을 묵었던 게스트하우스의 이야기를 넣을 예정이었다. 하지만 여행을 마치고 두 달이 지난 2021년 1월까지도 도저히 글을 쓸 수 없었다. 그 일을 다시 끄집어내서 쓰고 싶지 않았다. 묻고 넘어가야겠다는 결론을 내렸다.

간략하게 말하자면, 가족처럼 지내고 싶은 이들을 만났다고 생각했다. 허나 5일 만에 그 결속은 깨졌다. 신뢰가 무너지고 관계가 끊어지는 것은 순식간이다. 며칠 동안 쌓았던 친밀감이 한순간에 적대감으로 바뀌었다. 그곳을 나와 숙소를 옮기고 제주 여행 정보를 공유하는 카페에 리뷰를 썼다.

내 글을 두고 논란이 벌어졌다. "진짜 최악이다. 어떻게 그런 인성으로 게스트하우스를 운영하는지 모르겠다. 걸러야겠다"라는 여론과 "그렇게 별로였다면서 왜 5박이나 했냐. 있을 때는 잘 놀아놓고 퇴실하고 이런 글 올리는 건 뒤통수치는 거 아니냐"는 비난이 이어졌다. 내 글에 유난히 공격적으로 반론을 하던 한 사람은 새로 글을 파서 칭찬이 가득한 리뷰를 썼다. 그러거나 말거나 철저히 무시했다. 나는 안 가면 그만이다. 안 좋은 리뷰가 올라오고 사람들 입에 오르내리면 타격을 받는 것은 그들이다. 어쩌면 반대로 노이즈 마케팅을 해준 건지도 모른다. 찾는 사람이 많아지면 나에게 감사해야 할 거다.

넉 달 동안의 제주 여행에서 몇 가지 '사건'이 있었다. 그 일들을 되새기고 곱씹으며 글을 쓰다 보니 피로가 쌓였다. '써야 하는데, 써야 하는데' 하다가 언제부터인가 글쓰기를 멈췄다. 문득 '이건 아니다' 싶었다. 책이 좋고 글이 좋아서 글 쓰는 사람이 되고자 했는데 고작 이런 일로 손을 놓아버릴 수는 없었다. 쓸 수 없다면 쓰지 말자. 쓰고 싶지 않다면 버리자.

글쓰기에도 쉼이 필요하다.

다시

○ 숙소 : 이호웨이브 게스트하우스
○ 일정 : 2020. 11. 06 ~ 11. 09 (4박)

이제 그만하고 싶다. 지쳤다. 처음 내려온 날 묵었던 숙소로 돌아왔다. 나쁜 기억은 없었던 곳에서 깔끔하게 마무리해야겠다.

약간의 술로 많은 이야기를 나누었다. 처음 본 사람들 앞에서 기꺼이 망가졌다. 나에게 일어난 여러 사건 가운데 웃기고 슬픈 얘기들을 털어놓았다. 날 이상한 사람으로 볼까 봐 걱정되면서도 속은 후련하다. '난 원래 이런 놈이야. 그래서 뭐? 어쩌라고? 어차피 날 좋아하는 사람은 없어. 너도 날 떠날 거라면 날 싫어할 이유를 만들어줄게.' 자꾸만 이런 못난 생각이 든다.

새벽 세 시. 밖에서는 게임이 한창이다. 왁자한 웃음을 가리려 이어폰을 끼고 글을 쓴다. 여행 첫날의 설렘으로 잠들기 아쉬워하는 사람들을 보며 내 여행을 돌아본다. 100여 일 동안 너무 많은 일이 있었다. 여러 사람을 만났고 몇몇과는 잠깐 얽히기도 했지만 결국 인연의 끈은 모두 끊어졌다. 다시, 혼자다.

사람을 싫어하는 나에게 110일의 게스트하우스 여행은 큰 도전이자 모험이었다. 언제나 사람이 힘들다. 이유도 다르고 상황도 다르지만 늘 사람과 문제가 생긴다. 이번엔 좀 잘 지내나 싶다가도 한순간에 틀어져 버리고 만다. 타인은 지옥이다. 사람은 내게 구원이었던 적이 없다. 끊임없이 사람과 문제가 생기는 것은 오로지 나의 문제인가? 그렇다면 나는 인간으로서 실격인가?

돌아갈 시간이다. 목적지는 서울이다. 제주도에 게스트하우스가 있다면 서울에는 모텔이 있다. 군중 속의 'nobody'가 되어야겠다. 변한 것은 없다. 돈 떨어지면 죽는다.

어딜 가나 나는 나일 거다. 내가 나라는 것은 나에게 주어진 벌이다. 그래도 다행이다. 크게 아프거나 다치지 않아서. 코로나에 걸리지 않아서. 마음은 상했어도 몸은 상하지 않아서. 한 권의 책이라도 만들어내서. 아직 얼마간의 돈이 남아 있어서.

다음 책의 제목도 정해 두었다. '사람의 홍수 속에서' 내가 잃어버린 사람들을 하나하나 곱씹으며 나에게 사람이란 어떤 의미인지 생각해봐야겠다.

다시 걷는다.

서하늘 방랑 에세이 〈글 쓰는 제주〉

끝.

사람의 홍수 속에서
다시 또 누군가와 혼자가 되고 말아
이어짐 없는 점처럼

사람의 홍수 속에서
다시 또 누군가의 마음속 말이 들려와
듣고자 하지 않아도

'떠나지 말아요' 따위
'보내지 말아요' 따위
그리고

제발 날 내버려 둬
정말 날 내버려 둬
부디 날 내버려 둬

어떤 웃음도 끝은 항상 무표정이었어

어떤 웃음도 끝은 항상 무표정이었어

가을방학, 〈사람의 홍수 속에서〉

나가는 말

2020년 7월 24일, 대전을 떠나 제주도로 왔다.
2020년 11월 10일, 제주도를 떠나 서울로 간다.

이 여행을 통해 나는 글 쓰는 사람이 되었다.
아직 하고 싶은 이야기가 많이 남아 있다.

계속 쓸 것이다.
그래야만 한다.

글 쓰는 제주

ⓒ 서하늘

1판 1쇄 발행   2021년 1월 15일

지은이   서하늘
발행처   인디펍
출판등록   2019년 1월 28일 제2019-8호
주소   61180 광주광역시 북구 용주로 40번길 7 (용봉동)
전자우편   cs@indiepub.kr
대표전화   070-8848-8004
팩스   0303-3444-7982

정가   15,000원
ISBN   979-11-90003-80-3 (03810)

값 15,000원

ISBN 979-11-90003-80-3